医，仁术也。

仁人君子，必笃于情。

——清·喻昌《医门法律·问病论》

学霸他又自闭了

妍欣言 著

花山文艺出版社
河北·石家庄

图书在版编目（CIP）数据

学霸他又自闭了 / 妍欣言著. -- 石家庄 : 花山文艺出版社, 2020.3

ISBN 978-7-5511-5075-0

Ⅰ. ①学… Ⅱ. ①妍… Ⅲ. ①长篇小说一中国一当代Ⅳ. ①I247.5

中国版本图书馆CIP数据核字(2019)第264856号

书　　名：学霸他又自闭了
XUEBA TA YOU ZIBI LE
著　　者：妍欣言

统筹策划：张采鑫
特约编辑：琵　琶
责任编辑：董　舸
美术编辑：胡彤亮
责任校对：卢水淹
装帧设计：颜小曼　西　楼
封面绘制：高梦雪
出版发行：花山文艺出版社（邮政编码：050061）
（河北省石家庄市友谊北大街330号）
销售热线：0311-88643221/29/35/26
传　　真：0311-88643225
印　　刷：长沙鸿发印务实业有限公司
经　　销：新华书店
开　　本：880×1230　1/32
印　　张：8.5
字　　数：165千字
版　　次：2020年3月第1版
2020年3月第1次印刷
书　　号：ISBN 978-7-5511-5075-0
定　　价：38.00元

xueba
ta
you zibi le

目录 contents

xueba
ta
you zibi le

目录 c o n t e n t s

Chapter 01
系帅的怪癖

枳花回到宿舍的时候，宿舍已经熄灯关上了大门，好在她平时讨巧卖乖，深得宿管阿姨的喜爱，只是一通电话，宿管阿姨就来给她开了门，脸上的表情就像是看到自家大龄且死宅的闺女终于明白夜黑风高正是约会天的惊喜与盼望，问："约会去了？"

枳花尴尬地笑："哪有，谁会看上我这种胖丫头！"

"你这哪里叫胖，肉嘟嘟的才健康。我就不喜欢那种跟纸片似的，风一吹，就抱着大树不动。"宿管阿姨的话里隐约带着的不满来源于枳花的室友锦歌。

在枳花看来，锦歌可是个符合现代审美标准的大美女，身材瘦削高挑，一米六八的女生理想身高，体重却不到一百斤，尖尖的小脸只有巴掌大，一双单凤眼个性又妩媚。喜欢锦歌的男同学经常会在楼下唱情歌，让宿管阿姨转交鲜花和礼物。在宿管阿姨眼里浪漫又有情调的画面却是在扰乱公共秩序，妨碍整顿宿舍制度。

枳花蹑手蹑脚地上楼，宿舍窗户里没有光，她以为锦歌已经睡觉了，一开门进去，却吓得她差点尖叫起来。

屋里关了灯，锦歌坐在笔记本电脑前面，电脑发出的幽光映在反光的面膜纸上，有点像青面鬼。

枳花说："干吗不开灯，我还以为是鬼，差一点就用马扎扔你了。”

“你也太不淑女了，遇到鬼不是该尖叫晕倒吗？干吗要扔马扎，你就不怕鬼找你报仇。”锦歌赶紧打开灯，用手拍了拍脸上的面膜，“这面膜很贵的，含有光敏成分，被强光一照，散发出去的可都是钞票！”

锦歌的一条腿蜷缩着放在凳面上，显得另一条垂着的腿更加白皙修长，睡衣松松垮垮地穿在身上，酥胸半露，让枳花不禁感叹起良辰美景虚设。她打趣着：“你现在这个样子也没多淑女！”

锦歌追问她：“干吗回来得这么晚，社团活动也没这个点的呀。”

枳花瘫倒在床上，长长地舒了口气，喃喃说：“我去阿姨家了，回来的车上，一个老大爷突发脑溢血，幸亏车上有个中医系的同学，他做了急救措施，才争取时间把老大爷送去了医院。”

接下来的事，锦歌不用猜都知道，一向喜欢大发善心的枳花肯定是不放心对方，守着等家属来了才离开的。

锦歌试探着问：“你一个人回来的？”

“跟那个中医系的学生一起。”

“男的？”

看着锦歌脸上意味深长的笑容，枳花明白她的意思，略显得有些沮丧：“男的，不过他不住在学校宿舍里，我看他往教师家属区走了。”

锦歌是个人精，像发现了新大陆一样说："那他肯定是哪个教授的儿子？"

锦歌有一套找男朋友的理论，样貌、才华、家世，缺一不可，教授的儿子就意味着书香门第，文质彬彬，在父母的熏陶下，专业肯定差不了，前途一片光明。

只是看枳花一副无动于衷的样子，锦歌推测："可能长相不尽如人意。"

其实那个男生的长相用让人怦然心动来形容一点不为过，高高的个子，清瘦的身材，穿一件白色的外套，气质很好，可以想象将来穿白大褂的时候，英姿卓越。枳花患有"帅哥缓慢适应症"，遇到A级帅哥，她就会目光往下，呼吸急促，胸闷难耐。如果不是急着救人，她估计会先晕过去的。

枳花和帅哥一起护送着老大爷去了医院，又在急救室外面等着老大爷的家属来，这个过程中，她低着头，不敢多看他一眼，而对方自始至终也没跟她说一句话。

看着锦歌对着笔记本电脑眉飞色舞地编着搞笑段子，准备丰富她那备受瞩目的公众号。枳花想，丰富精彩的大学生活大概只属于像锦歌这样的美人儿，而她只有大学而已。

枳花拿了毛巾准备去洗澡，锦歌转过身叫住她，然后提醒："枳花，以后遇到老大爷的时候，你还是多考虑考虑，你家里可没矿，万一被讹上，哭爹都没用。"

“知道。”她敷衍了一声，赶紧钻进浴室里，不想再听锦歌那些所谓的醒世之论。

庆市的天气只有冬夏两个季节，才入春没多久，天气就越来越热，水从莲蓬头里淋下来，洗去一身热汗，尽管她只瞥了男孩子那张帅气的脸一眼，却印象深刻。他背的包印着医学院的字样，右上角别着他名字的三角牌。

简皓。

枳花在庆市中医大已经待了快三年，她常常参加学校组织的义诊队，里面不少中医大的学生，这是大好的实践机会，还能赚学分，所以很受欢迎，但这个简皓，她一次都没有见过。

等她从浴室出来，坐在笔记本电脑前的锦歌伸了伸懒腰，今天的公众号更新完毕，可以长长地舒一口气了。

锦歌是个优秀的段子写手，公众号叫“姐就是这么拽”，每隔两天就会发几篇情感言论，为那些恋爱中的女孩子支招，解惑爱情难题，粉丝众多。有公司嗅到了商机，投了两则广告，锦歌一个月轻轻松松就有一万入手，漂亮，还能挣钱，已经是女学生中的佼佼者了，让枳花羡慕不已，同是九年义务教育，为什么锦歌就这么出众呢！

枳花第二次遇到简皓是在图书馆里。

枳花的大学生活忙得跟陀螺一样转个不停，用她自己的话说，要过得像一个五颜六色的调色盘，可以充分发挥想象，只要愿意，就可以往上面加点料。她不仅是社团活动、义诊队的活跃分子，又是辩论社的骨干，中药系的班长兼管一些班级事务。锦歌常常提醒她别累成过劳死，在老师面前挣表现肯定是好事，但大学生活真正的乐趣可不在这些烦琐的活动上。

枳花有时候会感叹，她跟锦歌真是性格和观念完全是背道而驰的两个人，却能成为无话不谈的朋友。锦歌玩笑说："这叫异性同性两相吸。"

她白了锦歌一眼："我可没那个能耐，跟你相吸的能从宿舍门口排到学校大门口。"

锦歌打趣："别想歪了，我的意思是性格互补。"

枳花把这学期申请奖学金的信息和申请条件发到班级群里，然后急急忙忙往图书馆去。下个月就要进行药师资格证的考试，她决定去图书馆找找这几年的试题册，从头到尾做两遍。不是有句俗话说，机会都是留给有准备的人。

一列列整齐高大的书架像多米诺骨牌阵，她围着考试题类的两架书打转，从书到隔板间的缝隙里，她一眼就瞥到了简皓。

在书架间的夹角处，简皓盘腿坐在地上，笔直的背微微后倾靠在身后的书架上，窗外透进来的夕阳映得他光芒四射。帅哥这种美好的事物，总会让人忍不住驻足观赏，现在好看的东西都要收费，那是因为商机，美好的事物赏心悦目，能带来愉悦的心情，心情好，自然做什么都事半功倍。

枳花觉得自己现在的行为像是一个小偷，悄悄窥视永远都不会属于她的男色，而且美好的东西只可远观，而不可亵玩焉。

找到她要的试题册，她赶紧找了空位坐下。再过半个小时，这里会跟春运一样拥挤，图书馆24小时开放，冬暖夏凉，是避暑纳凉、学习小憩的胜地，所以晚饭后，学生会特别多，稍稍来晚一点，就只能在墙角打坐。

过了一会儿，简皓从书架间缓步走出来，走到她前面的位置坐下。旁边似乎是他的同学，对方热情地跟他打招呼，他只是淡淡地点了点头。昨天他对待自己也是这样，看似很有礼貌，却自始至终没有说一句话。在回来的公交车上，他接了一通电话，尽管声音压得很低，语句也断断续续，但能肯定的是，他不是个哑巴。

简皓坐在枳花的前面，完全影响到她注意力的集中，满脑子都是关于这个男生的事。尽管心里有着懵懂少女对帅哥学长的无限向往，但她有自知之明，没脸蛋没身材的她从不奢望不匹配的爱情，帅哥配美女，她这个肉包子只能等着哪只瞎了眼的“狗”叼走。

枳花有个外号叫“肉包子”，这来源于她肉肉的身材。小时候胖，大家都会说可爱，但长大了还胖，那就是真的胖了，渐渐地，自卑感就让她完全丧失了谈恋爱的想法。

枳花用手使劲地搓了搓脸，把注意力拉回到书本上，感觉自己的意志太不坚定，竟然被一个对自己爱搭不理的帅哥扰得心神不定。

她不停在心里念叨着，要像革命同志一样，大璞未完总是玉，精钢宁折不为钩。她可是个不会为男色动摇折腰的人，今天你对我爱搭不理，明天我让你高攀不起。

前方传来细微拉动椅子的声音，她的心神再一次被扰乱，微微抬起头，是简皓的同学起身走开了。当他同学走进右侧的洗手间后，简皓伸手在对方的笔记本电脑的键盘上一阵操作，那严肃与迅速让她隐隐觉得不是什么好事儿。

同学很快就回来了，简皓松开手，装作若无其事地拿起面前的书。那人发现笔记本电脑显示屏上的文档不见了时，低低惊呼一声："我的论文怎么不见了？"

简皓站起身，向对方微微点头算是道别，然后拿起书本头也不回地走了。

旁边有人同情地说："我看到简皓刚刚动过你的电脑。肯定是他干的，你可不能就这么算了，去系主任那里告他！"

"算了，谁让我倒霉呢。"同学面露难色，收拾起东西垂头丧气地走了。

简皓的行为让枳花大跌眼镜，原来不是每个帅哥都表里如一，自己作为正义元气少女，遇到这种损人又不利己的事，刚才就该路见不平一声吼，及时阻止，都怪自己被男色所迷，脑袋才变得迟钝了。

回到宿舍，枳花问锦歌："你认识简皓吗？"

"罗启中教授带的那个简皓？"锦歌眼睛一亮。

罗教授在中医大很有名气，还被称为"国医大师"，是中医大的顶尖博导，出了名的"挑剔"学生，能成为他的门生，绝对是人中龙凤。

看来她是问对人了。锦歌常常自夸为庆市中医大帅哥一本通，上到读博的，下到刚进校门的，只要能入得了她审帅三条的，基本都在她的掌握之中，而且中间不乏热烈的追求者。

枳花追问："他到底什么来头？"

"他老爸是中医大的前任校长，现任校长可是前任校长的学生。"

原来是医学世家，自家地盘，跟地头蛇似的，删了别人的论文，别人也只能吃哑巴亏，难怪那个同学的表情很为难。

锦歌不紧不慢地说："他专业好得让人望尘莫及，他现在研二，就已经有了三个专利，一篇独立的论文还上过 SCI，被誉为中医大一百年难得一见的天才。"

她好奇："既然这么优秀的人，为什么风采栏上没他的位置？"

"听说操行分为零，所谓优秀人才，那是德智体美劳全面发展。不过人家大概也不在乎这个，能用常人标准来衡量的，那就不是天才了。"锦歌随口八卦了一下，"我听前两届的学姐说过，当初他们还搞了个什么校帅评比，就是因为简皓不合群，所以'中医大第一帅’的名号被你们会长给拿走了。”

仔细想来，会长孔一夫已经非常出众了，可论长相，简皓似乎更胜一筹。

枳花发现和简皓简直是冤家路窄，越不想遇到，越是不紧不慢地出现在她的视线里。

她嫌宿舍太吵，就跑去教室上自习。临近药师资格考试，教室里自习的同学不少，看了一会儿书，枳花侧头，教室后门是开着的，一个靓丽的身影长裙摇曳，一闪而过，她一眼就认出是康复治疗系的系花刘美美。

刘美美跟锦歌一样高挑靓丽，瘦得跟棍似的身材，枳花一直羡慕对方的巴掌小脸，自己的圆脸特别显胖。正想着，另一个熟悉的身影一闪而过，是简皓，那出类拔萃的高大身材，想认不出都难。她有种不好的预感，简皓似乎在尾随刘美美。

想到之前他删掉同学的论文，在心底，她已经把他划到“人渣”类，现在尾随系花，难到是有非分之想？

担心会出事，她连书本都没有收拾，快步从教室后门出去。看到简皓的身影消失在前面楼梯的拐角处，她跟随上去，听着隐隐约约的脚步声，似乎是往三楼去了。

三楼是实验室，一到晚上几乎就没人了。楼道里灯光昏黄，安静得像悬疑电视剧里的案发现场，空气中都弥漫了薄薄的恐怖感，似乎连自己呼吸的声音都听得到，担心会被对方察觉到，她蹑手蹑脚地往楼上走。

上到三楼的楼梯口，她一眼就瞥到简皓正从一间教室的窗口往里面偷窥。枳花心里暗忖，真是人面兽心，她要抓个现行，好好地教训他一顿。

她正要冲过去的时候，简皓突然站直身体，转身快步往另一个方向跑了。她有点疑惑，实验室里到底有什么？

她往他刚才停留的窗口走去，正要弯腰透过玻璃往里面看，楼道里的灯突然熄灭了。四周漆黑一片，紧接着，实验室里传来刘美美尖叫的声音，她恍然，一定是简皓把电闸给拉了，想趁黑非礼人家！

这种人，简直就是学校的毒瘤，铲之而后快！

正想到这儿，实验室的门打开了，一个带着哭腔、高挑的黑影跑了出去，从声音能辨别出来是刘美美。枳花快步追上去想问个究竟，但对方跑得太快，下楼梯的时候，她没有踩稳，一滑，就从楼梯上摔了下去。听到她摔倒的惨叫声，刘美美也没停下脚步，一溜烟，人就不见了。

枳花吃痛地站起来，拍了拍衣服上的灰，看来一遇到简皓，准没有好事儿。回想起之前的情景，她估摸着，可能是简皓想趁黑非礼小学妹，把小学妹吓坏了，挣扎着跑了，自己现在掉转头回去，也未必能捉到他，只能作罢。

正义感满满的枳花不想就此算了，回去之后，她把这件事告诉了锦歌，让脑袋聪明的锦歌想个办法惩治一下坏人。

锦歌目瞪口呆："什么，你说简皓想非礼刘美美，怎么可能！"

锦歌压根儿就不相信，说："你知道吗，刘美美向简皓表白过，但被拒绝了。"

不愧为"庆医大一本通"，哪个犄角旮旯的"新闻"都逃不过锦歌的眼睛，枳花更加疑惑："那他这么做是为什么？"

锦歌正在给公众号写段子，没空跟她讨论这个问题，于是随口敷衍了一句："可能有病吧！"

一语惊醒梦中人，简皓的影子在枳花脑海里挥之不去，既然他这么优秀，就不可能通过删同学的论文得到什么好处，刘美美送上门他都没接受，更不可能拉了灯，趁黑去非礼人家，难道他有喜欢搞恶作剧的心理隐疾？

这个想法源于她在劝学社遇到的形形色色的同学。

枳花大一就进了学生会当干事，从小热心肠的她提议成立一个小社团，专门为学校心理压力大而产生厌学、家境贫困而感到迷茫和其他心理困扰的学生提供咨询和帮助。

其实这个提议来自于一次心理治疗课，听到教授提供的一组组调研数据，证明现在的大学生群体中，有不少人因为心理压力过大产生不同的疾病，也会因为缺乏正确的知识而忽略治疗，不能及时康复。

学生会会长觉得这个提议不错，在征得教学部同意的情况下，成立了劝学社，由枳花来当社长。“劝学”两个字来自荀子的名篇，旨在从学习态度、学习方法和学习环境上来帮助同学。

每个星期五的下午，劝学社的骨干们会聚在一起汇报一个星期的活动成果。

枳花每次上交的答卷都是漂漂亮亮的，社里帮助心态消极的同学振作精神，脱离游戏的沼泽，重新游进杏林的大海。一个同学失恋精神萎靡，甚至要放弃学业，经过劝学社的努力，他很快明白了天涯何处无芳草的名言，决定不会为了一棵椰树放弃整片森林。

有社员说最近遇上一个顽固派，学习成绩好得没话说，却控制不住喜欢拿同学的东西，也不是什么值钱的玩意儿，但就是控制不住心魔的驱使，一支笔、一包纸巾都能让他兴奋半天。社员总结，说这叫盗窃癖，严重的心理疾病肯定得对症下药，于是洋洋洒洒写了一篇请愿书，要帮对方攻克心理难题。

枳花问：“你们认识简皓吗？”

其他人面面相觑，骨干白薇薇说：“他是我们系的大师哥，念研二，天才学霸，人很温和，就是不爱说话。我们专业的王牌博导罗启中教授你知道的吧，能在他手下如鱼得水的人屈指可数，罗教授在外人面前不止一次夸过他，说他是自己的得意门生。”

白薇薇的说辞跟锦歌一模一样。

她悄悄地打探：“那你有没有发现他有什么怪异的举止？”

白薇薇仔细想了想："是有点怪。"

枳花瞪大了眼睛："是什么？"

白薇薇笑了："你对他这么感兴趣，莫不是也被他那张倾倒众生的脸给迷住了？"

她担心被社员们看破她为简皓的"神颜"春心萌动，于是赶紧做出一本正经的表情说："说得我好像没见过帅哥似的，他，只能说还可以吧。"

有社员嘀咕："社长，你的要求也太高了吧。如果他算可以，那这辈子就没男人能入得了你的眼，注定要单身一辈子了！"

"单身"两个字直戳枳花的心窝，于是板着脸说："如果没有其他的事，大家就散会吧。薇薇，你留下来，我有事和你商量。"

大家陆续散去，白薇薇支着头："我有预感，你要对我们系的'系帅'下手了？"

枳花辩解："你的直觉是越来越不准了！"

白薇薇自诩"第六感女超人"，最擅长情感受挫类的"病人"，常说一个人春心萌动都挂在脸上。枳花赶紧摸了摸自己的脸，没有发烫，难道是变红了？

白薇薇说："社长，你有什么需要我帮忙的，尽管说吧。"

枳花把遇到简皓的事说了出来。白薇薇坦白，她第一次见到简皓的时候，也有同样的想法，同学只说他高傲、不合群。那次是有名的中医国师刘宝中教授来学校讲座，简皓当时就坐在白薇薇的旁边。

白薇薇是出了名的颜控，遇到帅哥，肯定得多看两眼。教授讲课有些不懂的知识点，她也借机跟帅哥请教一番，套套近乎。谁知帅哥压根儿就没理她，问了好几个问题，对方的嘴里没蹦出一个字，还让她生了半天气。

下课后跟同学打听，才知道简皓是中医系的高才生，读研二，他是天生不爱说话，才让白薇薇消了气，同时又心生同情，有才有帅，如果嘴巴再甜一点，还不知道有多少情窦初开的女生要栽在他手里。

在白薇薇看来，天生不爱说话的人，总不会一字不吐吧，所以简皓的沉默寡言显得有点病态。作为劝学社的骨干，当时她可是有一番豪情壮志的，想要治愈这位超级帅哥，顺便在“治疗”的过程中，将对方束手擒来，结果一打听，别说治了，就连接近他都难。

白薇薇说：“经过我打听，他的生活单调得让人惊讶他是怎么活过来的，家、实验室和图书馆，有中医大师来学校讲课的时候才会出来溜达一圈。就算你能遇到他，他也未必会搭理你。我就去图书馆假装跟他偶遇过，他没跟我说一句话。社长，这件事我一直没说出来，也是怕影响我劝学社优秀社员的名誉。”

枳花暗忖，白薇薇说的情况跟她了解到的差不多。人都是有喜怒哀乐的，一个内向不交际的人，闷久了会生出些怪癖来也是很可能的。只是他跟外面的人接触不多，知道他有“恶作剧癖”的人肯定很少。

见枳花认真思考的样子，白薇薇给她打气：“社长，你要是亲自出马，肯定手到擒来！”

白薇薇说着，脸上露出意味深长的笑。枳花白了她一眼：“有什么好擒的，我只是单纯地想帮助一下他，再说了，你不是一直对学生会会长孔一夫垂涎三尺吗，这么快就见异思迁了？”

白薇薇赶紧举起右手，比出发誓的手势：“孔学长的地位在我心里从来没有动摇过，可人家是‘校帅’，竞争力实在太大。想想大学四年，我总不能困死在一片茂密的大森林里，出去转转，说不定有更好的风景，结果一迈脚，走进一片沙漠，想想，还是留在森林里算了！”

枳花说：“你没有领悟好我们劝学社的精神！”

“什么精神？”

“一心一意，死心塌地！”

白薇薇马上把这句话用在她身上，说：“社长，你一直是我们的榜样，那这片沙漠就让你去征服吧！”

枳花觉得在图书馆去“偶遇”对方不是个明智的选择，图书馆需要保持安静，有碍她的临场发挥，于是得力助手白薇薇去系里打听了一圈，拿到一个很有用的信息——简皓是个生活非常有规律，且很爱运动的人，早上七点准时出门跑步，从教师家属院的后门出去就是庆市市区最古色古香的御馨苑。

这是一条明清时期留下来的古街，因为保护得非常好，青石路两边的木房子里依旧住着人，还有临街的店面里飘出来热腾腾的桂花糕的香味。担心错过跑步的简皓，枳花六点半就在这条街上溜达，刚从锅里捞起来泛着光泽的油条、白得跟奶油一样的细滑豆汁、夹着凉粉的锅盔……

枳花在那条街上一边等，一边流口水。

她克制着肚子里的馋虫，担心吃太饱，跟不上人高腿长的简皓。

理智跟肚子做了一翻激烈的斗争后，理智稍稍有些松动，她决定买一个桂花馒头解解馋，然后安慰自己，空着肚子跑步会没有力气。

七点过五分，简皓如预料般准时出现在巷子口，他穿着一套浅蓝色的运动服，更衬得眉目俊朗，青春无限。枳花感觉自己像间谍一样躲在一条岔路口，侧头一瞥，见他马上就要经过自己所在的岔路口时，她深吸了一口气，平复着快要跳出胸口的心脏，尽可能让相遇变得更自然一点。

枳花可是身经百战，见过大场面的人，在各种辩论赛场上，面对机智的对手，台下几千双等待厮杀的眼睛，她都能气定神闲，兵来将挡，水来土掩，唇枪舌剑当中，把竞争对手打得片甲不留，为学校争得荣誉，但在简皓面前，她的那种自信与淡定就不知道跑哪儿去了。

归根结底，是他长得太帅了，而帅得恰恰是枳花心仪的那一类型。

高高的个子，完全能满足她小鸟依人的依靠，尽管自己是一只鸵鸟；特别是他的笑，简直让人如沐春风，仿佛能治愈心里所有的不痛快，谁让自己是个笑容控呢！

终于，简皓迈步出现在视线里，从她的角度看过去，一双大长腿，步伐矫健，活力无限，她就这么出神了两三秒，就错过了最好的搭讪机会。

“早！”她快步冲上去，还是晚了一点，落下他三四米的距离。

大概是她声音太小，简皓并没有听到，而是继续迈步向前。

枳花不敢大声叫他，担心太过刻意，于是使出全身力气追上去，但她太高估自己的实力，一段路程后，对方压根儿不知道她在后面，于是渐渐跑远了。

枳花是个缺乏运动的人，减肥只是个口号而已，每次坚定减肥的信念后，在看到美食和床，就被抛之脑后了。

也不能怪她意志不坚定，上课、做笔记、泡图书馆、学生会的活动和社团活动，这些可都得靠体力来支撑，不吃，哪有力气。虽然她做的都是脑力活动，但好歹都得费“力”，所以一回到宿舍，她倒在床上就睡着了。有时候锦歌想跟她多八卦两句，听着听着，不由自主地就睡着了。

晨跑完的枳花回到宿舍，感觉两腿酸痛，上楼梯的时候更是两腿打战。简皓每天早上哪里是在锻炼身体，那速度，完全是在为成为亚洲飞人做准备。今天为了能追上他，她完全是豁出命在跑。如果念高中那会儿她长跑有这速度，估计还能在运动会上拿个奖，而不是被体育老师列为反面教材。

锦歌软绵绵地从床上坐起来，见她满头大汗，先是诧异，然后打趣："你受什么刺激了，开始身体力行减肥啦，不错，不错！"

白薇薇给枳花打电话来，报告简皓的行踪："社长，他现在在食堂吃早餐呢，你要不要过来？"

"来不了。"她现在腿疼。

"那我先去上课喽！"

学生会最近要组织一次全校春季开放日活动，因为西医在国内的普及，现代人对中医和中药的了解越来越模糊，每年学校都会举行开放日活动，邀请各个阶层的人来学校参观，传播中医药学。

学生会会长孔一夫先招集几个骨干，将开放日的重要工作分配一下，各司其职，才能事半功倍。会议的间隙，枳花问："会长，你认识简皓吗？"

孔一夫一愣："为什么突然问这个人？"

曾经很长一段时间，简皓可是孔一夫心里的痛。孔一夫出生在一个中医世家，从祖爷爷那辈开始，就行医济世，他从小更是耳濡目染，颇有些心得。考进中医大的时候，他自认可以鹤立鸡群，好多同学才开始接触专业知识的时候，他不仅有实践经验，还颇有些受老师佩服的见地，再加上性格开朗，很顺利就成了班长。

然而第一个让他有挫败感的人就是简皓。尽管简皓性格内向，闭口不言，但有着出众外形的他只是坐在角落里，依旧光彩奕奕，很难被人忽视。

那时候孔一夫很喜欢班里一个女生，他一直很自信，以自己帅气的外表、出众的专业、讨人喜欢的亲和力，只要他稍稍示好，女生肯定就手到擒来。结果女生却表示心里装着简皓，哪怕简皓对人不理不睬，依旧不能动摇她的那份喜欢。

孔一夫的心就像被人揍了一拳，在喜欢的女生心里，他的热情还抵不过对方的冷漠，对方不费吹灰之力，就让他一败涂地。

经过一番打听，知道简皓是教授家属，心想着开后门进来的家伙，空有一张帅脸而已，专业一定不怎么样，特别是教授课的时候，大家的参与性都很高，简皓却默不作声地站在一边，更坚定了他心里的想法。只是没想到连着两个学期的专业考试下来，简皓都名列第一，把他死死地压在下面。

孔一夫生性也不是个小心眼的人，遇到真正优秀的人，他是会虚心求教的。大二那年夏天，他在父亲的诊所里遇到一个气虚体弱的病人，大大小小的医院跑了个遍，依旧没有疗效，只得在别人的介绍下来看中医，内调外养。结果，几张药方下来，病人的病症一点改变都没有，连他父亲都束手无策。

那天他无意中跟简皓提了一下，简皓顺手就在纸上写下“酸枣仁”三个字，他试着拿它去给病人服用，没想到一个星期，病人的症状就有了明显改善，自此，他对简皓简直就是佩服得五体投地。

简皓那绝对超人一等的优势是在大二结束那年，让同班同学目瞪口呆的，因为那时候他已经修完了本科四年的课程，成绩竟然名列那届毕业生的第一。孔一夫也不是个轻易服输的人，简皓的勤奋彻底刺激到他，尽管他费尽全力，却还是赶不上对方，现在他念大四，简皓已经读研二了。

对于枳花的疑问，孔一夫隐隐猜测她是不是情窦初开喜欢上简皓了。

简皓是个单调得除了上课和实验，就没有社交的人，能把他从犄角旮旯里给挖出来，肯定是在人群中多看了一眼，从此就没能忘记他的容颜！

但他认识简皓这么多年，从来没看简皓对哪个女孩子动过心。面对女生们的深情表白，简皓连看都不看别人一眼，拒绝的话都懒得说一句，转身就走，刺痛过不少少女心。

如果是别人，这种闲事他才懒得管，但枳花是他手下的得力干将，而且他一直称她为妹妹，也确确实实把她当成妹妹来疼，于是提醒：“枳花，简皓的事你就别管了，那人不好惹的。”

她纳闷，一向正义感十足的会长也会觉得有不好对付的人。算了，她不想给会长找麻烦，只能自己迎难而上。

孔一夫把枳花当妹妹看待，还有一个重要原因就是枳花也出自中药世家，家里经营着庆市唯一一家百年药铺“言正堂”，而且枳花刚好是第十八代传人，她不仅成绩好，对于很多药理，也是信手拈来。

孔一夫问：“枳花，这次开放日，你是不是向大家展示一下你的拿手功夫？”

“没问题。”她非常乐于分享自己的经验。

枳花是“言正堂”药铺的第十八代传人，但她并不姓“言”，而是姓“江”，她只是言家的养女。

枳花五岁那年，父母双双车祸身亡，出事原因是雨天路滑，所以父母去世后，并没有得到多少赔偿金，亲戚都觉得她是累赘，不愿意收留她，作为父母生前好友的言家夫妇主动给了她一个温暖的家。

“言正堂”最有名的就是制丸药，“言氏保赤丸”这门古老制药技艺代代传承。“言正堂”在庆市口碑很好，生意兴隆，原本第十八代传人应该是言爸爸言妈妈唯一的儿子言俊生，无奈言俊生从小到大对中药草一点都不感兴趣，不仅不认真学，表示抗议的时候，他还会故意把药箱里的药材给弄乱，气得言爸爸揍了他好几次。

在屡揍无效的情况下，言爸爸第一次违背“祖训”，把“言正堂”

的镇店技艺传给了枳花这个完全没有血源关系，又不姓言的“外人”。大概从小跟言爸爸“泡”在店里，她对中药材耳濡目染，十五岁的时候，她就已经学得言爸爸一手制丸的技艺。这两年，“言正堂”出产的言氏保赤丸，有一小半出自她的手。

言氏保赤丸传承百年，言爸爸却是个心存大爱的人，好东西就得大家分享，所以早些年，他就把药方上交给药科院，古法炮制费时费力，也就只有“言正堂”保留了下来，就在去年，这种特殊的制药方式被收录进了中药的非物质文化遗产之中。所以，在孔一夫看来，这是不可多得，能了解中药的方式，让枳花一定要好好地露一手，也算是给学校长脸。

Chapter 02

手到擒不来的男神

/ X U E B A T A Y O U

白薇薇像发现新大陆一样打电话告诉枳花："星期五下午在社团大厦二楼的小教室里，有一堂简皓的诊脉课，名额有限，我帮你弄了一个。"

白薇薇干什么事儿都尽职尽责，细枝末节都会打听清楚，是个干"间谍"的好材料。枳花问："上课就上课呗，还限人数！"

白薇薇说："他性子太内向，说起话来跟挤牙膏似的，大概是让他有个适应过程。我在想，他将来留校的概率很大，而且老大，你不是也要参加这个优生讲吗？"

"优生讲"是学校这学期才开展的一项活动，就是让专业优秀的学生来给同学授课，讲述学习经验和自己钻研出的新药方、新技术之类。

"知道了，我去。"白薇薇这么得力，她也不能错过任何能跟简皓接触的机会。

去之前，她在网上找来简皓的几篇论文仔细研究，知己知彼，才能找到共同话题。简皓诊病不会像普通的中医那样只诊手脉，会综合颈总动脉的情况，一起对症下药。

枳花正对着电脑认认真真地看论文，锦歌不知道什么时候站在了她的身后，把手轻轻往她肩上一搭，吓得她差点跳起来。她说："你以前回来都是风风火火的，楼下都能听到你的声音，今天悄无声息的，吓死人了！”

锦歌玩笑：“有情况哦！”

她耸耸肩：“又是谁家的八卦新闻被你这双顺风耳给听到了？”

锦歌指指电脑屏幕：“是被抓个正着。说吧，你是真的对简皓动心了？”

她赶紧解释：“我要去听他的课，先预习一下，如果被提问，什么都不知道，会显得没礼貌。”

锦歌不信：“他是中医专业的，你是学中药的，你要学什么？”

如果被锦歌八卦起来，肯定会流言蜚语满天飞，万一哪天有男孩子喜欢上她了，岂不是被流言给吓得失望地跑了，她得找个借口：“我是替白薇薇去的，他们系有固定的名额，结果她那天偏偏有事去不了，又不能得罪系主任，所以才让我去顶替一下。”

“哦，原来是这样。”锦歌的笑容意味深长。

上课那天，枳花原本想提早去占个好位置，临出门前收到教导主任发来的短信，让她把今年申请奖学金的表格发放下去。等她忙完，看看时间，已经快到点了，于是拔腿就往小教室跑。

以为这次“优生讲”会有很多同学来捧场，结果加上她，一共十个人，她来晚了，坐到了第二排。

简皓穿着白色的制服，露出深蓝色西装领口，头发梳得一丝不苟，看来为了今天的示范课，他认真做了准备。

讲座准点开始，简皓深呼吸，然后往前走了一步。他的站姿非常端正，竟然有一股军人才有的凛然正气。枳花暗忖，来听他的课，可谓是赏心悦目，不仅能学业长进，还能欣赏帅哥，有朝一日真让他站上讲台，那还不得“馋”死一众女学生？

他微微弯下腰，向在座的人鞠躬，表示欢迎他们的捧场。他礼貌有度，枳花赶紧拍手，表示对他的鼓励，在她的带动下，大家都开始鼓掌。

简皓抬起头来的时候，信心也跟着掌声随之而来。

他说：“我……我……”

枳花看到他眉间闪过一丝胆怯，也没太奇怪。第一次上讲台，难免会紧张，就像她第一次跟言爸爸制丸药，把精心准备的一大锅药粉全给报销了，言爸爸也没有责怪她。没有第一次，哪来后面的熟能生巧。

这个时候最需要的就是鼓励，她赶紧说：“简老师，在来之前我看过你关于人迎脉诊法，今天是不是能跟我们展示一下，让我们能够理论和实践相结合。”

在最尴尬的时候，竟然有人出来替自己解围，简皓看过去，觉得这个女孩子好面熟，仔细想想，她似乎叫枳花。这个名字让他脑袋里立即冒出一种白瓣黄蕊的花，可以入药，理气宽中，行滞消胀。

是那天在公交车上遇到的女孩子，那件事现在回想起来，让他仍然心有余悸。

回学校的公交车上，一位老大爷突然晕倒在地上，出于医学生的本能，在做了简单的检查之后，他断定是脑溢血，必须紧急送到医院抢救。

脑溢血是非常凶险的病症，只是短短的一分钟，老大爷面色发青，突然没了呼吸。

枳花就是这个时候从人群里挤过来蹲在他身边，问需不需帮忙。

她懂一些中医的理论知识，提醒他："用百会放血。"

老大爷头发茂密，刚染过发，还有一股刺鼻染发剂的味道，下针的穴位只能凭经验和感觉，他的手有点抖，犹豫着不敢下针，枳花抱住他的手，用很坚定的语气说："你肯定能行的，一定能。"

正是这句话给了他勇气，他稳稳的一针下去，然后从针眼里把血用力地挤出来，老大爷的双腿抖动起来，女孩子探了探鼻息，尽管很微弱，至少有恢复的迹象。她高兴地叫起来："你真是太神了！"

他和枳花一直跟到急救室门口，没人看出来他的心跟敲鼓一样，咚咚咚停不下来，女孩子却信心满满："放心，肯定没事的，你是他的大恩人，他还没报恩呢，不会有事的。"

说得有点像许仙和白娘子似的，她安慰人的方式还真是独特！

简皓对自己的专业向来信心十足，只是十五年前，父亲还在世的时候，那一次的急救让他心里对百会放血这套针法始终带着恐惧的阴影。父亲在社区义诊的时候遇到一个突发脑溢血的病人，他亲眼看到针法精湛的父亲用百会放血急救，三针下去，已经没有气息的病人身体突然猛烈地抽搐，有点像童话故事书里的提线木偶，表演的时候手舞足蹈。

最后那人没有抢救过来，父亲也因此意志消沉，在一次醉酒后车祸身亡。教授告诉过他，一个医生的职业生涯里不可能有百分之百的药到病除，只要做到问心无愧就行了。但真正面对一个即将逝去的生命时，并不是问心无愧就能够释怀的。

当穴位刺激让老大爷的双腿不停抖动时，他的心都提到了嗓子眼，他有那么几秒的恍惚，父亲当年的失误似乎要重演，所以当病人被送进急救室后，他的恐惧一点都没有减少。

两个人坐在急救室的长凳上，她叽叽喳喳像只小麻雀说个没完，他庆幸她开朗的性格，安静只能让当时的他更加惶恐不安。

还好，老大爷平安无事，医生夸赞他的急救措施用得非常及时，他很高兴。

耳旁仿佛又响起她说的那句话：你肯定能行的，一定能。

于是他顺着她的提问，说：“对，我今天要讲的正是人迎脉。中医诊脉，通常只在寸口，但《黄帝内经》上说，寸口主五脏，人迎主六腑，两者相辅相成，更能够准确诊断出身体的状态。”

他的声音很小，但好歹说完了，而且没有结巴。

枳花把手举得高高的，简皓的目光看向她："这位同学，你有什么疑问吗？"

基于之前对枳花的好感，和她说起话来，他心里的胆怯没有那么强烈。

"你能给我们示范一下吗？"她想着他的口才不太好，实践应该非常得心应手吧。

简皓长长地舒了一口气，比起口述，他更擅长实践。他说："江同学，你到讲台上来。"

她惊讶，他竟然记得她的名字，看来那天他并不是完全忽略自己，心里突然升起一股快乐，看来他是要拿自己作示范。她以前也被中医系的师哥拿来练过手，算是经验丰富了，所以上去的时候没有一丝胆怯。

枳花正对着大家坐下，简皓走到她的旁边，她闻到了那股熟悉的草木香。上次在车上遇到他的时候，他衣服上也是这个味道，现在很多男孩子都喜欢用香水，但像他这样喜欢用本草来做香水的少之又少。

简皓要给大家演示人迎穴的位置，他把手抬起来的时候，说了一声："麻烦你了。"

那声音小得就像蚊子在耳边嗡嗡叫，她侧头看着他，微微一笑："你会做得很好的。"

这是劝学社拉近同学关系的第一招，夸赞对方。俗话说伸手不打笑脸人，只要态度好，哪怕一不小心碰到对方的痛处，对方也能原谅。所以，她极力给他一个“天使般的微笑”，尽管这天使有点胖。

看着枳花的笑，简皓有点呆。中医上说，你可以从一个人的眼睛窥视出她的心灵、健康，以及思想。枳花的眼睛很亮，光泽充沛，就像太阳发出的光芒，让他瞬间感受到温暖祥和，紧张发僵的身体得到了放松。

他一只手轻轻扶住他左肩，另一只手贴在她脖子的右侧，寻找着人迎穴。

她的皮肤又细又滑，像是摸到了某种质地细腻的丝绸，让他有点恍惚，指腹下去，按在了他的水突穴上。

别看他手指纤瘦且直，毕竟是男孩子，手劲大，一股窒息感传来，让她止不住咳嗽起来，感觉快被他给掐死了。

听到她的咳嗽声，他赶紧松开手，连连道歉。他把腰弯得很低，话却结巴起来：“对……对……”

话没说完，只剩紧张的喘气声。

枳花依旧保持着笑容：“没事，没事，谁都难免有失误的时候，你一定能做好的。”

说着她用手摸了摸刚才他按下去的地方，心里嘀咕着，他看起来瘦高，一副弱不禁风的样子，没想到手劲这么大，真是应了那句“瘦是瘦，骨头里面全是肉”。

有了之前的失误，他把指腹力道放轻，微微往上一移，准确地摸到了人迎穴。他有种奇怪的感觉，微微跳动的脉搏像是连接着他的心脏一样，心跳声盖过了他手里的感知。

他愣了好半天，直到她主动提醒：“简医生，怎么样了？”

他这才回过神来，尴尬地弯起嘴角，继续诊脉，又过了一会儿，才说：“心浮气躁，虚火上升，有轻微的心悸。”

枳花把头垂得很低很低，很怕有人看到她红着的脸，他的手轻轻放在她的颈动脉上，竟然会让她心猿意马，舒服得差点笑出声，只能用牙齿咬着唇。

诊完人迎脉，他又拉起她的右手，一只手托着她的手掌，另一只手的中指和食指按压住她右手的动脉。枳花赶紧深呼吸，心跳加速会促进血液加速流动，千万不能让他察觉到自己的春心萌动。

正对着他，她闻出他衣服上的香味来自杜仲，很多中草药味道醇香，佩戴在身上，香气萦绕，杜仲微甘的味道很适合气质清新的男孩子。她的眼睛悄悄地往上瞄，四目相对，她又赶紧将目光收回来。

此刻，他高大的身影在头顶形成一片阴云，这种感觉真好。她理想中的男朋友就要有这样伟岸高大的身材，能满足她小鸟依人的畅想，脑袋里突然像放电影似的闪现出一幅温馨的画面，场景跳转到学校漂亮的草坪上，他低头看着她，就像此时此刻，他站在她的身边，握着她的手，然后温柔细语地说：“枳花，我爱你。”

听到他的话，她开心得像个孩子：“好啊好啊，我也喜欢你。”

她慢慢地抬起头，与他火热的目光交织在一起，露出了灿烂的笑容。

“江……同学，你在笑什么？”

他的话像是一盆冰水，瞬间就把她浇醒了。她的脑袋开始嗡嗡作响，刚才自己做了什么失态的动作被他察觉到了吗？

真恨不得有个地洞能让她马上钻进去。

简皓松开她的手，说着：“你是不是……最近身上长了……很多红痣？”

听他这么一提醒，她想起那天在宿舍洗澡的时候，锦歌突然钻进了浴室，指着她的胳膊说，什么时候长了这么多颗“守宫砂”出来，这才注意到自己的手臂和胸前的确有很多红色的小痣。

她点点头：“是挺多的。”

他解释说：“这是血液黏稠度增高的表现，你平时的饮食很油腻吗？”

这完全戳到枳花的痛处，庆市处处有美食，偏偏她又是个吃货，否则就真对不住身上长的小胖肉了。什么麻辣火锅、酸辣兔头、爆炒腰花、水煮脑花……光是想想就让她咽口水，吃得太油腻或是喜欢吃内脏的人，就会增加血液黏稠度。

既然他是中医系公认的天才学生，就不怕留难题给他，她说：

“简医生，你帮我开开方子呗，我回去调理调理。”

他点了点头，然后开始给大家讲关于人迎穴的临床疗效。枳花只选修过中医，对很多东西一知半解，但她清楚地听到他说，人迎穴还有美容瘦身的作用，顿时来了兴趣，又听说要伴随着针灸治疗，她又泄气了，她最怕疼了，小时候打针的场景现在还常常被言俊生拿来取笑，说像是在杀猪！

这是他第一次上讲台，考虑到他语言不流畅的弱点，主任只安排了三十分钟。尽管大家对讲课的内容意犹未尽，他还是准时结束了。等到大家都散去，他紧绷的神经终于松懈下来，两腿一软，坐在了讲台上。

他头一侧，靠在讲桌的桌腿上。他学医以来的第一节课就这么有惊无险地过去了，对于普通的学生来讲，只是教学生涯的一个开端，而他，算是完成了对自己性格障碍的挑战。他已经很久没有在短时间内说这么多话，天知道，他紧张得差点晕过去。这堂课能够平安度过，他还得感谢那个叫枳花的女孩子，算起来，这应该是她第二次帮助自己了。

“简学长！”

不知道是不是自己出现了幻觉，他竟然清晰地听到枳花的声音。

“简学长，我有问题要请教你。”

他猛地抬起头，发现她去而复返，站在门口，那双漂亮的大眼睛看着他，让他的心跳莫名地加速，于是站起身：“江……同学，你有什么事吗？”

她走到他的面前，充满期待地问：“简学长，刚才你讲到人迎穴可以减肥，那你觉得我有治疗的空间吗？”

中医上有不少减肥的方法，这也是当初她选修中医课的初衷，什么耳下穴位疗法、七日瘦身汤、艾灸，她还试过一些偏方，却不见一点效果，刚才听他说到人迎穴跟新陈代谢的联系，听来很有道理，她很想试试。

简皓疑惑地看着她：“你……胖？”

常听到瘦得跟电线杆子一样的女同学哼哼自己胖，要减肥，在他看来，女孩子标准的身材就要体态微丰，面色红润，步伐轻而稳，眼如繁星，笑如春风，枳花就很符合这样的标准。

她比着手势：“就是想再瘦一点。”

他摇头，中医一直崇尚一种健康自然的生活方式。现在市面上各种减肥茶，美容院里动刀抽脂，就好比把一棵生长蓬勃、枝叶茂盛的树砍掉树叶，削去一大片树枝，肯定会影响以后的成长。如果伤到根本，就很难经受住大自然的风吹雨打，所以，他并不打算帮枳花减肥。

枳花只能悻悻而归。

为了能在学校的开放日活动上，将言氏保赤丸完美地呈现给大家，枳花提前五天就回家做准备去了。

言氏保赤丸的直径为 1.6 毫米，制作起来要将 0.2 毫米的母丸一点一点地加料，按照分解程度将药材粉末一点一点往上包裹，经过五十八次添加，最后达到 1.6 毫米。这个过程，细致又精准，手法自然也是在日积月累中，慢慢提纯。

言俊生推开工作间的门，最近闲在家里无聊，听说枳花回来了，所以过来调侃两句，找找乐子。

言俊生一直认为现代科技如此发达，像制丸这样的工艺，完全可以用机械来完成，省时省力，手工制丸就是吃饱了撑着没事儿干。

枳花解释着："手工制丸才能更好地把握住成分与药效，将草本植物变成治病的良药，最好的沉淀和研磨就是时间。你也应该庆幸我有耐心，才有工夫跟你对牛弹琴。"

两人斗嘴已经变成了习惯，言俊生不愿意落下风，于是挖苦她："有这大把的时间应该去谈恋爱才对，你都大二了，有市场的女孩子早就有男朋友了。"

言下之意，她属于那种没市场的。

枳花从不甘拜下风，笑着："你这么有市场，怎么也单下来了！"

言俊生的确在恋爱市场上含金量不错，有言爸爸的家底在，从大学开始，就有不少女生挤破头地要嫁给他。前不久他还嚷着要结婚，女方见言家家底丰厚，就来了个狮子大开口，见面礼、聘礼、三金等开出条件一大堆，被言妈妈直接回绝了。

言俊生对女孩子爱得死去活来，扬言哪怕得不到家里的支持，也要跟对方在一起，在交还了信用卡和跑车后，女孩子不仅没有和他坚守下去，凭着高挑靓丽的外表，搭上了别人，把他给甩了，他才灰溜溜地回家来。

他说：“你明知道我在这里养伤，还这么刺激我。”

她轻蔑地哼了一声：“都是自找的！”

看来在嘴上占不了她的便宜，言俊生只好哼哼唧唧地走了。

言爸爸很支持枳花在学校开放日当天进行制丸演示，希望通过这种方式，将手工制丸的传统技艺传承下去。的确，现代机械快捷又节省成本，手工技艺者越来越少，但言爸爸把它视为真正的家业，希望一代一代地传下去。

为了方便保存，保赤丸都用红氧化铁为包衣，在言爸爸的鼓励下，这次在学校的演示，她改为采用传统的金箔包衣。

学校开放日这天一大早，言爸爸就让几个店员把包衣机送去学校，枳花穿着印着“言正堂”的T恤，也想借此打打广告。

她坐在后台里不停地喝水，锦歌笑她：“没想到你也有紧张的时候？”

枳花在同学们的印象里一直都是自信开朗，任何事都一马当先，妥妥当当。其实这并不是枳花天生的性格，小时候的枳花文静内向，不爱说话，尤其在父母过世之后，她变得小心翼翼，就怕惹言家爸爸妈妈和哥哥不高兴。

不过她这种谨慎又勤奋的性格，的确很讨言家爸爸妈妈的喜欢，言俊生也对她照顾有加。特别是言俊生，她一直以为这种照顾是发自内心的爱，亲情，当然也代表了爱情。

只是后来才知道，这种照顾在他眼里不过是可怜虫罢了，所以，她要努力地证明，即使没有高挑的身材、明媚的长相，她也能得到别人欣赏与赞扬的目光。所以，从十八岁开始，她故作活泼又热情，事事出头，只为用行动来证明自己。只是今天这种重要，且不能有失误的场合，她还是很紧张的。

她悄悄往旁边观众席瞟了一眼，她的这个节目是由学生会推荐的，会长孔一夫让全体学生会成员出动捧场，无形中又增加了她的压力。

她听到主持人在报幕，提到了她的名字，表明马上就该她上场了。

枳花深呼吸，缓步走到舞台上，机械转动，发出低低的轰鸣声，先将成形的药丸倒进钢制的转盘里，她的心情也跟着这些小药丸咚咚直跳。

回想起言爸爸第一次教她金箔包衣的时候，她把整盒金箔都糟蹋了，懊悔了好久。所以，如果这次不成功，不仅会砸了“言正堂”的招牌，还会浪费那些纯金的金箔。

包衣的过程只有五分钟，五分钟之内，让金箔受热均匀，湿度恰当，手势得力，金箔慢慢融化，覆盖在药丸的表面，出锅时，一粒粒散发着耀眼的光泽，引得台下掌声不断。

言爸爸也在人群当中，为女儿娴熟的技艺自豪不已。

抬起头，她眼里有晶莹的光，她用力克制着，不想被人看到，她所有的努力，就是要证明，自己在别人眼里有闪光点，而不是一无是处。

她一眼就瞥到了站在最后面的简皓，他的个子太高，鹤立鸡群，想不被看到都难。能得到优秀的人的赞赏，让她更加信心十足。

回到后台，孔一夫向她竖起拇指："果然是我们学生会的招牌！"

枳花看到白薇薇在后台的入口处探着头张望，躲躲闪闪的样子跟平时大胆张扬的个性完全不符，过了一会儿，她才走进来："社长，完了，我感觉我这辈子只能嫁给孔一夫了。"

枳花庆幸自己这会儿没喝水，否则会全部喷出来。

孔一夫是校草，专业优秀，想要嫁给他的女生不少，白薇薇作为劝学社的骨干，常跟着枳花出入学生会，跟孔一夫也很熟络。以前白薇薇还说过，不喜欢他这种自持倾倒众生，对女生挑剔的男孩子，为什么现在冒出来要嫁给他的想法？

白薇薇愁眉苦脸："刚才我上卫生间的时候，孔学长突然就进来了，我被他看光了。"

枳花觉得不可思议："孔学长跑到女卫生间去了？"

白薇薇摇头："是我没注意，跑进男卫生间了！"

白薇薇苦恼地揉了揉脑袋：“今天真是昏头了，连左右都没分清楚也就算了，居然还忽略了小便池这回事。”

想了想，她又说：“其实也不能全怪我，要怪就要怪孔一夫，在卫生间的外墙上贴了宣传画，所以才没分清方向！”

枳花问：“被看光了？”

白薇薇丧气：“看光倒没有，前面有裙子遮着呢，就是那样子特别难看，知道不？绝对不能让老公以外的人看到我上卫生间的样子。”

枳花替她捏把汗：“他是出了名的挑剔，想要嫁给他，恐怕有点难。”

白薇薇跟孔一夫认识也有两年了，如果能来电，早就成双入对了，还能等到这会儿！

难怪她刚才在入口处鬼鬼祟祟，原来是在等孔一夫走了才敢进来。

白薇薇双手合十，一副可怜巴巴的样子：“社长，你得帮我讨个公道。”

言下之意，这个红娘得她来当。

枳花面露难色：“我试试吧。”

开放日上，会有很多中药研究的新成果、古老研药技艺的展示，枳花怎么会错过这个学习的好机会，白薇薇一走，她蹿进熙熙攘攘的人群里。走出一段，发现简皓正站在一个摊位前，聚精会神地看着什么。

顺着人潮慢慢地走过去，原来是有同学把益气丸的药材加入面粉制成了饼干，这种新方法便于服用，可以当作零食，随身携带。

她暗忖，他是对保健药品感兴趣呢，还是对饼干有兴趣？

她走到简皓的旁边，笑着打招呼：“好巧！”

他对着她笑了笑，表示寒暄，最近两人总是有机会见面，的确很巧合。

“你刚才，很耀眼。”他虽然不喜欢表达，却不吝啬自己的赞赏，这六个字应该够了。

枳花心里美滋滋的，谁说这家伙冷漠？区区几个字就夸得她心花怒放。

接近他，了解他，帮他认清自己的性格缺陷是她一直牢记在心的任务，就这么闲聊是聊不出信任来的，她提议：“为了感谢你的赞赏，我请你去那边的饮料店喝东西。”

简皓有点担忧，自己不擅言辞，跟一个女孩子一起喝饮料，会让对方觉得无聊，但拒绝别人的盛情邀请，又太不给对方面子，毕竟女孩子的脸皮都比较薄。

他点了点头。

枳花心花怒放，终于能跟他近距离，一对一地交流了。

今天开放日，来学校的人多，一些有商业头脑的学生自然也要抓住机会赚点外块，在活动区的外面搭起一个个小帐篷，做些甜点饮料的小生意。

枳花问他："你喜欢喝什么？"

"冰水。"他说话的字眼是能省则省。

她选了一个熟悉的同学经营的小摊，肥水不流外人田，他做的金银花饮味道清淡，去火解乏。她一走进去，对方就熟络地打招呼："班长！"

枳花要了两杯金银花饮，让简皓试试味道。

枳花带着笑容的脸，那双杏仁般的大眼睛里都是他的倒影，不知道是不是金银花饮在身体里起了化学反应，他的手心里都是汗。

枳花问："你平时都怎么消遣，我的意思是闲来无事，你都喜欢做什么？"

"嗯……"

"你有没有特别信任的人？"

"嗯……"

"你是不是经常会去图书馆？"

"嗯……"

"下次去图书馆，我想和你坐在一起。"

"嗯……"

×

简皓第一次在看资料的时候感觉心不在焉，他转头问正在沙发上躺着打手机游戏的孔一夫："我想问……"

一听到"问"这个字眼，孔一夫像触电了一样从沙发上弹起来，手机扔到一边，说："快问，快问！"

他诧异："你激动什么？"

孔一夫说："自打我俩认识开始，都是我在向你讨教，什么英语、药理，我平生最大的愿望就是你也能问我一次！"

简皓白了他一眼，转回头去，将目光重新落到笔记本电脑显示屏的资料上。

孔一夫不依不饶："你话都挂嘴边了，别咽回去了。来，就算哥求你了，你也问我一回！"

孔一夫哀求的样子让他忍俊不禁，不过心里的疑问的确让他有些困扰，于是问："一个女孩子……"

孔一夫尖叫起来："你终于对女孩子感兴趣了！快说，是谁，哪个年级的？"

"我最近老是遇到一个女孩子，她很爱笑，而且还问我一些很奇怪的问题。"

"有多奇怪？"

"问我有没有信任的人，平时有空的时候去什么地方，还约我去图书馆。"

孔一夫笑起来："我敢打赌，她这是在追求你。"

简皓的心跳莫名加快，她喜欢自己？

孔一夫说：“这种事情我最拿手，说吧，是哪家的姑娘？”

“她叫江枳花，好像是中药系的。”

听到这个名字，孔一夫的脑海里立即冒出一双圆溜溜水汪汪的大眼睛，枳花属于肉肉的女生，却有一张巴掌大的小圆脸，有点像可爱的梦游娃娃。他一拍膝盖：“我跟这个女生特熟，保证帮你手到擒来！”

孔一夫像中了世纪大彩票一样高兴，简皓有不好的预感，说：“不用了，我不是那个意思。”

孔一夫却不依不饶：“不行，为了纪念你第一次问我问题，这个忙我帮定了，谁让我是第一个走进你内心的男人呢！”

孔一夫常常自诩为第一个走进简皓内心的男人，这缘于简皓内向不擅交际的性格，很多时候，他都是孤独一个人，尽管学习成绩永居第一。两人不“打”不相识，从竞争对手，到惺惺相惜，孔一夫是外向开朗的性格，两人正好互补，融洽得出奇。

孔一夫很有耐心，像只苍蝇黏在简皓身边，这个形容还是几年后，简皓愿意跟他交流的时候才说出来的。

而且孔一夫觉得简皓并不像外人评价的那样冷漠高傲，只是单纯的不擅言辞，其实内心多彩，情感丰富。

孔一夫拿上手机，脚底抹油就要开溜：“等我的好消息！”

Chapter 03

天才与学霸的交锋

Z I B I L E /

枳花觉得对症下药还要多收集对方的资料，假装很了解他，才能让他放下防备，坦诚相对。

她的笔记本上突然多了很多简皓的名字，锦歌瞟了一眼："你不会看上他了吧，我劝你别自讨苦吃。他出了名的目中无人，爱搭不理，听说从来没交过女朋友，说不定他压根儿就不喜欢女的。"

看到枳花目光坚定，锦歌确定："你被他迷得魔怔了？"

那她更得去给他上一堂心理咨询课，免得他继续危害校园，让同学有苦难言。

枳花攥紧拳头："这叫明知山有虎，偏向虎山行！"

锦歌抱以同情的目光："祝你好运！"

锦歌又问："孔学长是不是跟你社里那个白薇薇在一起了？"

她有点愣："你听谁说的？"

"白薇薇自己说的，你跟她走得这么近，这种大新闻，你会不知道？"

那天薇薇托她去跟孔学长说和，她还为难不知道怎么开口。她进入学生会一年多，对孔学长的了解也有七八分，他对女生的挑剔就跟选妃似的，有一次，听到他盯着一个女孩子的照片自言自语地评头论足一番，说身高不够高，皮肤不够白，眼睛不够大。

当时她心里还嘀咕过，觉得他在侮辱女性，不过回头想想，谁都对未来的另一半充满期待，她也一样，希望找一个优秀的男朋友，所以，有要求也是能理解的。

薇薇虽然很优秀，但相比孔学长唠叨过的条件，完全不契合，不过世界处处充满奇迹，有时候往往最不合适的，结果却是最好的。

枳花正在教室上课，收到孔一夫发来的短信，说让她下课后去学生会办公室找他，有重要的事商量。

当她赶到学生会办公室时，孔一夫正坐在沙发上长吁短叹，看到她，就像看到救星一样，赶紧问："白薇薇那个死丫头躲哪里去了，你赶紧把她叫出来澄清，要不我就真没脸见人了。"

他不知道这事儿从何而起，只是前两天开始，就有同学和他开玩笑，说他和大二的白薇薇正在热恋之中。他是有口难言，只要白薇薇出来澄清情况，这些谣言就不攻自破了。

这恐怕就是薇薇想要的结果，枳花说："有点难。"

她趁机说明了白薇薇想和他在一起的想法，又说："要不你去给她道个歉？"

孔一夫觉得自己比窦娥还冤："是她走错了卫生间，而且上卫生间还不锁门，我随手就拉开了。我还担心眼睛会长水痘呢，她这完全是栽赃！"

孔一夫攥紧了拳头："等我逮到她，一定要她好看！"

枳花担忧地问："你不会是要揍她吧，揍女孩子可不是大男人所为！"

"谁说要揍她了？我要把她千刀万剐！"

走出学生会办公室，她赶紧给白薇薇打电话，把孔一夫的愤怒告诉对方，又说："你这样不太好吧，跟霸王硬上弓差不多，感情的事，总得你情我愿。"

白薇薇不以为然："他帅了不起啦，我还委屈呢，这件事你就别管了。"

简皓每个星期至少要去三次图书馆，那本《神农本草经》已经被他翻过无数遍了，依旧没有找到合适的药引。今天，他看书的时候有点心不在焉，左顾右盼，目光回到书页上，不一会儿，又抬起头。

自从那天枳花问了他来图书馆的时间，他的心底就存了个事，总觉得她会来图书馆找自己。

只是这种想法在脑海里浮现的时候，连他自己都惊讶，他在等待她的出现。

第一天，她没有来。

第二天，她来了，脚步匆匆，径直就去了考试用书的区域，他等了一会儿，也没看到她出来。

第三天，他到图书馆的时候，她已经坐在自习区里，他迟疑了一下，还是朝着她走过去，在她的旁边坐下。

她闻到那股熟悉的杜仲香味，整个学校，大概只有他会有这种本草味的男士香水。她侧头，朝轻轻地摆摆手，算是打招呼。

简皓把背包打开，从里面拿出记录本。他的字方正清晰，就跟打印的一样整齐漂亮，现在随着电脑的普及，能写得一手好字的人还真不多了，他拿出笔，握在手里，铿锵有力。

枳花感觉自己“色心”又起，赶紧将目光收回来，但又想，不行，好看的东西干吗不看，于是又将目光移回到他的手上。

他在写药方，从开出的几味中药来看，她猜测着应该是补气养血、益肝健肾的作用。

她的目光顺着他修长的手臂来到轮廓分明的侧脸，上次在医院急救室外，他跟现在一样，微低着头，高高的鼻梁、深邃的眼睛，聚精会神的时候，认真得充满睿智，真是越看越好看，越看越想占为己有。

她咽了一下口水，简皓抬头看着她，眼神带着疑惑，仿佛是在问，看什么呢？

她急中生智，小声问．“你是在找益气丸的方子吗？”

他微微弯了弯嘴角，然后又点点头。

“哦，如果有需要帮忙的，尽管说。”她客套着。

简皓脸上平静，心却跳得很厉害。他想起孔一夫说的话，一个女孩子总是恰逢时机地出现在你面前，并不全是老天爷的巧合，更多的是，她在寻求接近你的机会。

他的目光悄悄飘向她，他喜欢她的眼睛，又大又亮，就像装满了星星，多看两眼，会莫名地心悸，有强烈的窒息感传来。他马上收起记录本，向她微微弯腰以示歉意，然后快步走了。

枳花纳闷，他这是怎么了？而且他还把笔掉了，拿起来一看，竟然是万宝龙的纪念笔，打算还给他，却纳闷，都见过好几次了，竟然没有他的联系方式！

学校的记者站来采访枳花，让她详细介绍一下“言正堂”的“保赤丸”。为了方便记者撰写稿子，她印了一些资料，方便对方参考，拿出来的时候，简皓的那支万宝龙钢笔不小心掉了出来。

孔一夫眼尖，问：“这不是简皓的笔吗？”

孔一夫可是中医系的风云人物，不仅成绩好，性格也好，简直应了那句天之骄子，上帝不仅给他开了一扇窗，连大门都修得敞亮，人缘好得四通八达。

她趁机打听：“孔会长，你认识简皓吗？”

孔一夫点头：“熟得不能再熟了，比爆米花还熟，你怎么有他的笔？”

“他掉在图书馆里，我刚好捡到。”

联想到那天简皓的话，孔一夫暗忖，不是刚好捡到，而是观察了好久，终于捡到了。

正是推波助澜的好时候，他说：“捡到人家的东西，就得赶紧还给人家，他五点以后就在家里，你赶紧给人家还回去。他住在教师家属区 2 栋 3 号公寓。”

枳花就喜欢跟爽快的人打交道，快人快语，不带一点啰嗦。临走前，孔一夫轻轻拍了拍她的肩头，说：“加油！我看好你！”

她对孔一夫突然冒出来的热情有些莫名其妙。

简皓正在做试剂检测，孔一夫像一阵风刮到面前：“来了！来了！”

简皓抬头看了他一眼：“论文被采用了？”

孔一夫向 SCI 提交了一篇学术论文，一旦被采用，就能在医学界有一席之地。然后就开始天天在家烧高香，不知听谁说哪里的菩萨灵验，他还特地沐浴更衣，心诚则灵地去拜了拜。

“你那天说的那个对你特别关注的女孩子江枳花就要来了。”

孔一夫笑着说：“昨天是不是跟她一起在图书馆里，还把钢笔掉了。今天记者站来采访她，你的笔从她包里掉出来，我就催她赶紧还给你，还说了你公寓的地址，说不定这会儿已经去了。走，我们来个不期而遇！”

简皓不紧不慢地抬头：“她来找我，你高兴什么？”

孔一夫一拍胸口，眉头舒展得一马平川：“这是老天爷看到我的一片苦心，特地要成全我。你妈不止一次让我给你介绍相亲对象，你这性格，让你自己谈怕是要成老光棍，没法给简家开枝散叶，上对不起列祖列宗，下对不起自己的荷尔蒙。你妈还特地嘱咐让我把全校最活泼的女孩子介绍给你，这个江枳花开朗得跟五百只鸭子似的，你跟她在一起待久了，想不说话都难。没想到我还没介绍呢，你俩就对上眼了，这不是老天爷成全我嘛！”

简皓还在迟疑，孔一夫拉起他就走：“你天天看那些蠕动的毛毛虫看不烦吗？可爱的女孩子比它们有趣多了！”

孔一夫经常用胖头虫、毛毛虫、麻杆来形容显微镜下的菌群，美其名曰“贴切”。

还没走到小区门口，远远地，孔一夫就看到江枳花的背影进了小区的大门，他兴奋起来：“我们悄悄跟在后面，看看她有什么出人意料的表现，要见到心爱的人了，会不会激动得手舞足蹈！”

简皓突然停了下来，身体微微发颤。孔一夫笑他，见到心动的女孩子，害羞是正常现象。

简皓不排斥社交，很愿意跟同学们在一起，就是不喜欢说话，害怕说话，有时候听到别人跟他聊天就会紧张得冒汗，严重的时候还会落荒而逃，又因为他的成绩在系里一直鹤立鸡群，还有几个科研专利在身，常常被人认为是高傲瞧不起人。

孔一夫知道他是太内向，内向的人就像是把自己关在黑暗无光的房间里，唯一的办法就是先为他打开一扇窗，让他习惯一束阳光的温暖。等他适应了，再把所有的窗子打开，他就能适应一室的光芒，所以孔一夫决定做第一个打开窗户的人，才对得起“朋友”二字。

孔一夫开导简皓："等会儿看到枳花，你只要面带微笑说，我也喜欢你。"

担心到时候简皓说不顺口，他特地又教了一遍，把嘴弯得像月亮："我也喜欢你。"

他还是不放心，一定要简皓跟着说一遍。

简皓一愣，他只是有点心动而已，有必要说这么肉麻的话吗？

孔一夫以为他害羞，于是又提醒："语气要温柔一点，肯定一点。"

他摇头，才不要说这种话。

眼看着枳花进去有一段时间了，发现公寓没人肯定会走，机不可失，孔一夫拽着简皓就走，提醒："记得临场发挥！"

两人从电梯口出来，枳花果然尚在简皓的公寓楼门口，孔一夫主动跟枳花打招呼："枳花，真巧！"

枳花惊讶，原来孔学长跟简皓熟得都一起下课，难道他俩住一起？

她笑着挥挥手："学长好！"

孔一夫用手肘碰了碰旁边的简皓，示意他赶紧打招呼。简皓看着枳花那双圆溜溜水汪汪的大眼睛，紧张起来："我……"

"昨天在图书馆里，你的笔掉了。"枳花从包里拿出钢笔，递到他的面前。

其实她不仅仅是来还钢笔的，还想借此约一下他，只有面对面地谈话，才能拉近两人的距离，让她找到治愈他心疾的突破口。

接着，她又说："你得感谢我，请我喝饮料。"

孔一夫心里一阵狂喜，果然没有看错人，外向的女孩子就是有胆识，知道先下手为强。

快呀！孔一夫给简皓递着眼色，快说同意。

他应该同意，话到嘴边，却控制不住紧张的情绪，低头迅速打开门，躲进公寓里，留下枳花和孔一夫站在门外面面相觑。

简皓的逃避让孔一夫觉得有失面子，于是打着圆场："他太内向，你不会介意吧？"

枳花觉得简皓的行为跟自己预想的完全一样，有恶作剧癖好的人大多内向，与人交流会紧张焦虑，要打动对方的第一点就是理解。她说："放心，我不会介意的。"

孔一夫接着为好友解释："他还有点不好沟通。"

枳花没想到孔一夫会这么尽心尽力地帮自己，还把简皓亲自送过来，于是信心十足："学长，你放心，我不达目的，绝不放弃。"

孔一夫在心里默念，枳花，你简直就是天使。他握拳给她打气："绝不放弃，我看好你！"

枳花回到宿舍，锦歌正在对着镜子欣赏刚买的汉服，修长的身材配上飘逸的长裙，把女性的柔美表现得淋漓尽致，让她有那么一点小小的嫉妒，为什么女人所有的美都毫不吝啬地集中在一个人身上！

锦歌指指搭在枳花床上的衣服说："我送你的，穿上试试！"

现在汉服在同学中是潮流风向，枳花却嫌里三层外三层太麻烦。

锦歌提醒："你怎么忘了，我在汉亭街组了个汉服局，场地还是你帮我联系的。趁着这大好的青春，我们是不是该去挥霍一把！"

锦歌觉得青春就是手里拿着的冰激凌，吃一口少一口，即使你不吃，它也会融得一点不剩，所以锦歌立志怎么折腾怎么来。

锦歌穿上汉服，化上桃花妆，能媚到骨子里，一直策划着搞一场庆市小有规模的汉服盛会，古色古香，场地当然要应景。当锦歌为场地的事苦恼时，枳花想起义诊时遇到的一个老大爷。

老大爷肝火有点旺，刚好药材没有了，枳花让老大爷留了地址，说拿到药就给送过去。老大爷留的地址叫林庄，原以为是个偏僻小山村，结果一问，那可是庆市鼎鼎大名的富人区。从明朝开始，庆市的首富几乎都姓林，林庄可是富豪集聚之地，只能说她有眼不识泰山。同情人家森林里有家，却没想到是家里有森林。

老爷子喜欢枳花的古道热肠，说有事需要帮助尽管开口。为了帮助锦歌，枳花就没客气，古色古香的汉亭街是老爷子家的产业，不仅圈起来让他们做汉服活动，还请了媒体报道来宣扬一番，也算是给自己家做广告，一举两得。枳花不得不感叹，首富不愧为首富，脑袋灵光，做人情的同时也不忘给自己谋点利。

锦歌送给枳花的是一套唐装，枳花问："这胸是不是开得有点低？"

锦歌耸耸肩："一点都不低，唐朝的美人都是以胖为美，我帮你把胸前的沟挤出来，性感一回，再帮你化上面靥，保准可爱。”

“胖”这个字眼深深刺激到枳花。

枳花属于有肉的女生，160 厘米，110 斤，圆润可爱，按理说，胖怎么了，又没吃你家米，肉长在自己身上，证明食物都喜欢自己，进了身体就舍不得离开。

但高中时发生的一件事成了枳花心底永远都解不开的心结。

枳花是个孤儿，父母因为车祸过世，至今都没有找到肇事者，自然就没有拿到赔偿金，家里的亲戚不愿意接受她这个累赘，最后父亲的一位挚友收养了当时只有五岁的她。

五岁的枳花白白胖胖，十分可爱，左邻右舍都喜欢她，说抱在手里就像软软的棉花糖。

养父母家有个大她四岁的哥哥叫言俊生，言俊生打小就长得浓眉大眼，正太一个，常常带着枳花一起玩，有小朋友开玩笑，说枳花是言家养的媳妇。

枳花喜欢跟言俊生待在一起，有时甚至会悄悄地想，将来长大了，她要当言俊生的女朋友。

小时候胖，大人们总是会说，大了会抽条，慢慢就瘦下来了，女大十八变，越变越漂亮。枳花的生长似乎没有遵循这种口口相传的自然规律，肉就像她的影子，非得时时刻刻黏在一起，分开一分钟都不乐意。

枳花上初中的时候依旧是圆润小肉包一枚，但言俊生早就长得高大帅气，修长的身材像模特一样引人注目。那个时候，言俊生就不带枳花玩了，说男女有别，保持距离。

但言俊生时常会送枳花一些小礼物，某女生送给他的巧克力，他嫌甜，不爱吃，就扔给枳花；某女生送给他彩纸折的星星，摆在房间里太娘，也扔给枳花。

还有不少女生讨好枳花，给她买漂亮的围巾，只为把一封印着玫瑰花的信送到言俊生的手里。不过这样的信都被她悄悄给扔了，言俊生是她的男朋友，只要她再长大一点点，过了十八岁，就能名正言顺地跟他在一起。

枳花拼命地吃饭，有点拔苗助长，好不容易等来了十八岁生日，言俊生邀请她一起去参加大学的毕业舞会。

她欣喜若狂，觉得老天爷大概是可怜她无父无母，特地厚待她，让她心想事成，有情人终成眷属。舞会上，她没得到艳羡的目光，而是大家的嘲笑。

言俊生跟几个室友打赌，看谁带的女伴最胖，获得“东方之猪”称号，另外几个人就得请他好吃好喝一个月。

另一个室友的女伴获胜了，言俊生还有点小生气，说她为什么不多吃点，再胖一点，这样他就赢了。

她当时恨不得找个地缝钻进去，她哭着问：“胖就等于丑吗？”

言俊生一点都不掩饰：“你有见过猪儿好看吗？古书上都说，窈窕淑女，君子好逑。你有听过圆胖女人，君子好逑？你看我的女朋友，体重从来就没有上过一百斤的！”

那天枳花在街上一边走一边哭，哭花了妆像生化危机里的丧尸，走到公寓楼下，吓得守门的老大爷差点晕过去，老大爷愤愤地说：“你别出来吓人行不行！”

从此胖、丑、吓人这些字眼就在她心里挥之不去。

枳花也减过肥，连着一个星期不吃饭，只喝水，虚弱得奄奄一息，肉一点都没有少。后来她才知道，自己天生易胖体质，喝水都要长二两肉，人可以不吃饭，哪能不喝水呢，所以这些肥肉注定跟她一生一世不分离。

理想很骨感，现实很丰满，渐渐地，她接受了长肉的事实，放弃了找男朋友的念头，但“胖”依然是她心里的刺。

大学一入校，不知是谁分配的宿舍，偏偏把高挑纤瘦的锦歌和她分在一间宿舍里，每天让一个瘦子在自己面前晃来晃去，简直是赤裸裸的打击。

好在她跟锦歌很合得来，锦歌时常会在穿着和妆容上教她如何扬长避短，还会亲昵地叫她“小可爱”。

锦歌用胳膊肘碰了碰看着衣服发呆的枳花：“不去可别后悔，想想俊秀少年、白衣公子，真的不心动？”

“不心动。”枳花回答得斩钉截铁，她可不想成为被嘲笑的对象，尤其是在这种痴男怨女，荷尔蒙高涨的思春期聚会，于是找个借口，“我马上要考药师资格证了，挺忙的，你去吧，玩个痛快。”

锦歌决定用激将法：“难道你想熬成二十七八岁的老姑娘，被三姑六婆押着去相亲？”

“谁说这辈子非结婚不可，一个人过挺好，反正我前二十年已经这么过了，再过一个二十年也没什么。”枳花抱起书本，“你早点睡美容觉，晚上不用等我了，我去图书馆。”

枳花在图书馆里遇到了白薇薇，白薇微凑过来：“老大，我光荣地完成了第十八起劝学任务。”

中医系有一个大一新生，家境贫困，家里砸锅卖铁才凑够他来学校的路费，欠着学费入校，眼看着教导处催学费的日期越来越近，新生准备收拾包袱，趁着夜深人静逃跑，可能从此浪迹江湖，却在校门口的夜宵摊上吃最后的晚餐时被白薇微给截住了。

白薇薇选修过医学心理，自诩火眼金睛，有心疾的人一看一个准，搭讪了两句，新生立即就对她推心置腹，可谓是相见恨晚。

学校对于贫困的新生有很多的帮扶政策，新生贫穷自卑，跟同学少有交流，自然没办法了解到。在白薇薇帮助下，新生不仅申请到助学贷款，劝学社还募捐了一笔钱帮助他。

现在新生已经把白薇薇视作心中女神，随传随到。为了感谢白薇薇，新生主动提出加入劝学社，以身作则来帮助同学。

枳花竖起大拇指，干得不错。

白薇薇问：“老大，简皓的事儿进展怎么样了？”

不怎么样，还没有进行深入的谈话。

见枳花面露难色，白薇薇给她打气："老大威武，老大加油，你可是我们劝学社的支柱。"

这明显是把她架在进退两难的杠杆上，哪怕是刀山火海，她只能去慷慨就义，杀身成仁。

她有点肝颤："好，我去。"

枳花决定采用曲线救国的方法，既然简皓跟孔一夫是朋友，就让孔学长把他约出来。

学校的义诊团联系了公益帮扶，去地处偏远，缺医少药的庆市边界小镇思伊。她想着从思伊回来后再约简皓恳谈，孔一夫却自豪地说："我把简皓给你带来了，激不激动、高不高兴？"

没想到孔学长这么给力，这样她就可以一边开解简皓，一边做公益活动，一举两得。而且他跟着义诊团出去，就不会再危害校园，她对孔学长思虑周到的办法佩服得五体投地，感激之情像涛涛江水，连绵不绝。

去思伊的路很远，早上五点就要出发。天还没亮，大家就集合把物资搬上车，锦歌前两晚临时抱佛脚，备考药师资格证，此刻精神萎靡地裹着毯子坐在车里打瞌睡。

有人向枳花抱怨："你叫她来做什么，一点忙都帮不上。"

朋友除了一起吃吃喝喝，有时候也得用来背锅，枳花只得打圆场：“她这两天熬夜看书呢，让她睡一会儿吧，等会儿上山的时候，让她多背点草药。”

孔一夫把简皓带来了，他穿了一件大红色的风衣，在朦胧的晨光里，吸引力等同于缓缓升起的太阳，连一向懒屁股的锦歌也感觉到了这束光芒，顿时精神头十足，从车窗里探出头来：“简学长，这边坐！”

出于礼貌，简皓向锦歌挥了挥手，算是打招呼，然后和孔一夫一头扎进前面的医疗车里。

孔一夫往人群里瞥了一眼，发现白薇薇也在，当着大家的面不好发作，只能装没看到，心想着，你再作妖，我就要收妖了。

出发后，二十个人挤在货车里，盘腿而坐，有种雄赳赳气昂昂跨过鸭绿江的豪情壮志，还有人带头唱起歌。大家都起得早，睡眠不足，车子一摇晃，激情一下就摇没了，昏昏欲睡。

检查完药材物资，枳花最后一个上来，坐在晃动感最为强烈的车尾。车子从平坦宽敞的高速路开进了“Z”字形的山道，那感觉就跟坐过山车似的，时高时低，大家担心一不小心便从车里给颠出去。

前面车厢里的老师用对讲机跟大家联系，让大家注意安全，车里配有晕车药和塑料袋，方便大家取用。

枳花的手紧紧抓着车挡板，那感觉就像吊在房檐下面的晴天娃娃，车一颠，身体就飘起来，左倾右倒。

“枳花，这边来！”孔一夫朝着她招手。

人都快颠晕了，她皱起眉头：“学长，什么事？”

孔一夫的手摇得跟旗帜似的：“到这里来，你那里太危险，小心给颠出去。”

她这样的体形没有十级台风还刮不到天上，何况是在车里，只是胃里翻江倒海，有点难受。

挨不过孔学长的热情，她只能小心翼翼地挤过一个同学，爬过去。

“来，坐到我和简皓的中间，有我们俩这挡板，保证你安全。”说着，孔一夫拽住她的手臂，把她硬拖到两人的中间。

两个男生都人高马大，肯定能挡风遮雨，就怕密不透风，给闷晕过去。

司机突然踩了刹车，一车人都哼起来，简皓直接当了枳花的肉垫，因为惯性倒下去的时候，她还感觉挺舒服的。

简皓很绅士，用手把她护着。

白薇薇也被颠得不行，她挤到孔一夫的旁边，一把抓住他的衣角，说：“好难受！”

孔一夫赶紧把她的手甩开：“我更难受！”

白薇薇一张脸惨白，早没了平日的口齿伶俐，他不让她抓衣角，她就换到他的胳膊，捏得他眉头拧成一条线。

孔一夫没好气地说：“你这跟强盗差不多。”

“都是你的错！”白薇薇的声音很小。

坐在前面车厢里的老师走过来打开车尾的挡板，让同学们下来原地休息。现在正是五月天，天气原本就热，又闷了几个小时，听说能下车，简直就跟沙漠里看到水似的，大家纷纷跳下来，迫不及待地呼吸绿野清新的空气。

已经进入山区，风景很好，四周一片翠绿，枳花一点欣赏风景的心思都没有，她的脸白得像纸，简皓问："你还好吧？"

眼前的景色都开始变朦胧了，她说："我很不舒服，晕车了。"

枳花第一次跟着义诊团远行，平时参加义诊队都是在市区里，去居民社区，养老院之类的地方，公路平坦还好。山路的坡道又急又陡，还不停地左拐右转，平时不晕车的人都有些招架不住，更何况像枳花这样定力不好的。

一个同学拿出手机，接上流量，在美团上一搜，哼了一句："竟然没有外卖！好想喝可乐！"

这里山高路远，交通不便，甚至有点与世隔绝。另一个同学拍了拍那人的脑门："你是不是让车给颠傻了！"

简皓从背包里掏出一个白色的塑料瓶，里面是淡黄色的颗粒，他倒出一粒，塞到枳花的唇边，说："吃了这个会舒服一点。"

"药？"

"糖。"

是柠檬糖，酸得枳花拧紧了眉头，维C和柠檬酸能缓解头部的眩晕。旁边有女生听到了，伸出手："简学长，我也要。"

简皓把柠檬糖分给同学，锦歌也被颠得七晕八素的，把柠檬糖当成救命的仙丹塞进嘴里，然后爬到枳花的旁边，问：“你把他搞到手了？”

枳花说一愣：“怎么可能，只能算是有点熟。”

“那他还把你搂着，这么热情。”

枳花不以为然，医生对待病人都热情，嘘寒问暖，有时候还能聊成莫逆之交。

比如孔学长，上次去养老院义诊，一个老大娘，原本只是血压有点高，注意饮食就行了，可老大娘觉得从来没有哪个小伙子对她关照得这么仔细，还问她爱吃什么，下次过来买给她。大娘拉着孔学长要认他当干儿子，说自己在市中区有套房，百年后就让他来继承。

房子孔学长肯定是不要的，人家也是土财主，富贵不能淫，贫贱不能移，但他还是经常去养老院看老大娘，洗洗衣服，叠叠被子，关系好得跟亲母子一样。

为了能在天黑前赶到村子，休息了二十分钟，老师就催促大家上车，继续赶路。枳花还没缓过劲，连抬脚上车的力气都没有，完全是被人架着胳膊提上车的。再后来的事，她就记不得了，留在脑袋里的就只有难受，非常难受。

车开到一个路口就上不去了，进村得步行登山。村长知道他们是来义诊的，早就派了村里身强力壮的人来帮他们扛设备，其余的药材和物品，男生三十斤，女生二十斤，分工明确。

枳花晕车，下车的时候连脚都站不稳，老师看了担心，说：“要不你跟车队先回市里去，身体重要。”

她的头摇得跟拨浪鼓似的，她晕了十个小时才到这里，现在再晕十个小时回去，她怀疑自己会在半道上晕死过去，而且她一直是义诊队里的主力，百折不挠的女汉子，不能让人瞧不起。

简皓突然说：“我背她吧？”

孔一夫在旁边打圆场：“枳花的药材我来帮她扛。”

白薇薇赶紧提醒：“我的呢？”

“你自己扛。”孔一夫白了她一眼。

被车颠得疲惫萎靡的队员们还是咬着牙，把属于自己的物资扛在肩上，像蚂蚁一样缓慢地跟在村民们的身后。

枳花吃力地把背包挎到肩上，她才不能让简皓背，她有一百多斤，等于三个麻袋，大家都很疲惫，她更不能成为累赘。

孔一夫开导她：“不用不好意思，他看着瘦，其实骨头里面全是肉。这小子虽然从来没有参加过任何体育社团活动，但强身健体，他是一天都没有落下过，不信我给你证明一下。”

说着，孔一夫就伸手去扯简皓的衣服，被简皓用眼睛狠狠地剜了两眼，在女孩子面前，至少要让他保持优雅的形象。

简皓什么都没说，扛起枳花就走。在他看来，说再多她都不会同意，只是浪费时间而已。

简皓的个头很高，被他扛在肩上，悬空的失重感吓了她一跳，然后开始挣扎，他的手臂很有力，摸起来硬得像铁。

听到他喘了一口气，她不动了，挣扎会增加重量，她说：“你背我吧，这样会比较省力。”

她像一只猴子从他的肩头慢慢往下滑，准确地说，是一只胖猴子。

她心里还有点激动，简皓是第一个背她的男生。想起小时候她缠着言俊生背她，言俊生会嫌弃地说：“我才不要，你像猪一样重！”

过了一会儿，她怯怯地问：“我重吗？”

他没有回答，步子丝毫没有慢下来，不管重不重，反正是下不去了。大概是怕她逃跑，他的手死死地扣着她的大腿，她很想说，腿疼！

太阳还没有下山，太阳的余热一拨接着一拨，这里的山都是岩石，长不出高大的植被，她趴在简皓的背上晕晕乎乎，听到他正跟孔一夫聊天。

简皓说：“这里挺适合种金银花，土质合适，日照充足。”

孔一夫说：“好，回头我找他们村长谈谈。”

她暗忖，学霸就是学霸，大家都累得奄奄一息，脑袋里只有冰可乐、空调和大床的时候，他们还在讨论药材种植和脱贫攻坚之间的联系。

枳花全身湿黏得难受，尤其是脸贴着的地方，就像贴在一块湿毛巾上，不过她很快就反应过来，她脸贴着的地方是简皓汗湿的衣服。

“简学长……你放我……下来吧？”这糟糕的晕车，让向来口齿伶俐的她连说话都含混不清了。

简皓把她放了下来，她脚刚落地，身体就直直倒下去，还好他眼疾手快，一只手赶紧揽住她的肩头。

孔一夫摸了摸她的额头："枳花，你现在看起来面色很不好。"

不就是晕车嘛，她说："没事，多歇一会儿就行了。"

"她中暑了。"简皓说话从来都简洁明了。

简皓撑开她的眼睛，看了看她混沌的眼球，又侧过她的头，看了看她的耳朵，然后说："十宣放血。"

尽管枳花是中药系的，但她有选修针灸课，她一直把十宣放血视为恐怖片里的十大酷刑之一，没想到有一天这种厄运会落在自己身上。

听到这四个字，吓得她说话都精神了："给我来点藿香正气液就行了！如果我真的晕过去了，掐人中，记得，一定要掐人中。"

孔一夫把枳花的双手轻轻压住，开解着："简皓可是我们中医系的高才生，你要对他有信心。两个人能聊下去的基础就是信任，放心，如果他把你扎坏了，我让他负责你一辈子！"

当简皓的针扎下去的时候，山谷里开始回荡枳花的惨叫声。

Chapter 04
你想牵我的手吗

晚上十点钟才到达一个叫天元的小乡村，村长把大家带到村委，就是两间黄土墙的房子，条件比想象的差远了。队里的学生都是生在新中国，长在红旗下的花朵，不敢想象繁华国际大都市的庆市还有这么偏远贫瘠的地方。

村长说条件有限，男生一间，女生一间，门口有口大井，可以随意取水。

坐了半天的车，又走了几个小时的山路，大家累成一摊泥摆在村委门口的空地上。枳花的精神却好得出奇，之前的头晕目眩不见踪迹，轻轻地哼一声，中气十足。

她主动帮大家把行李拿进屋子里，除了一张破旧得看不出颜色的办公桌，一件像样的家具都没有，更别说床了。村长让自己家媳妇送来几捆稻草，说铺在下面够软。

太累了，一向对吃穿用度都很挑剔的锦歌瘫软地倒在稻草上，嘴里“汪汪”叫了两声。

枳花玩笑：“变狗啦！”

“你不觉得下雨天，黄狗和稻草最相配吗！”假装自己是一条无忧无虑的乡村小黄，才能在稻草上做美梦，现在才真正体会到什么叫累成狗！

白薇薇嘴唇发白，眼睛都快眯上了，坐在一边，哼着：“早知道不来了，为了一个男人，快把半条命给搭上了。”

枳花赶紧给她找了点消暑的药，说：“真对不起，上山的时候把你忘在后面了。”

趴在简皓背上的时候，她的确舒服得把什么都忘了，只想一直趴着，不停下来才好。

白薇薇摆摆手：“不怪你，只怪那个没良心的，走那么快，像我要吃他似的。”

白薇薇把药塞进嘴里：“等明天我的能量回来了，看我怎么收拾他！”

带队老师都累得抱着村委门口的大树唱催眠曲，枳花拿着手电筒把药品清点了一遍，然后分类放好，方便明天早上及时派发。

自己的精神抖擞全都归功于简皓，他不仅背着她走完了整条山道，那两针尽管痛得她够呛，但的确是药到病除，全身轻松。她应该亲自去道个谢，等回到庆市再请他吃顿饭。

井边，几个男生正在用桶打水。桶用一根麻绳系着，完全靠臂力，今天的力气都用在山路上了，两个男生合力拉上来，略显吃力，女生们则拿着盆接水，简单擦擦身上的热汗，希望能舒服一点。

简皓从男生住的房间里出来，拿起井边的另一只空桶放到井里，又单手将装满水的桶给提上来，随即脱下身上皱巴巴的T恤，那一身的腱子肉，让枳花差点流鼻血。

他举起水桶，让水整个浇灌下来，淋了个畅快。看着水从他结实的胸肌上滴下来，简直比海报上的男模还要性感。不知不觉，有东西从她嘴角流出来，摸了一下，竟然是口水，她迅速地抹了一下嘴角，不能让人看出她的色心。

简皓侧头，女生房间的窗户上不知什么时候挤满了女生的小脑袋，尽管灯光昏暗，一双双眼睛贼亮，看来帅哥真是提神醒脑、排困解乏、思春打望的必备佳品。

枳花回到房间，有人凑上来问："花花，你今天在简皓背上的时候，有没有仔细摸摸他的肌肉，感觉怎么样？"

枳花的脸红得跟猴子屁股一样，今天晕车又中暑，半条命都差点没了，哪还有心思去看人家的肌肉。

有女生说："如果我明天装晕倒，简皓会不会背我？"

有人玩笑："村长会拿大毛驴把你给驮走！"

有人压低声音："来啦！他朝这边来了！"

门口很快响起了敲门声，有人催促枳花去开门，简皓站在门口，递一碗水过来："喝了。"

"这是什么？"

"大黄汤。"

解暑去热的，有人叫起来："简学长，我们也要！"

"对，我们也中暑了。"

简皓红着脸，指了指屋子后面，示意那里煮了一大锅，需要的都可以去拿。

简皓目不转睛地盯着枳花，深邃的目光让她有点飘，她赶紧口把药喝干净，他接过碗转身就走了。

有队友起哄：“不对啦，这看着明显有情况！”

这还是枳花第一次被同学拿男生打趣，于是说：“医者父母心嘛，今天才试过了他的针法，如果我半道呜呼了，会毁了他中药系高才生的威名。”

庆幸大家都累了，没再纠缠这个话题，早早就睡了。而且大家都只是玩笑而已，就连虚幻派小说里都是男才女貌，简皓那种帅哥加才子的人设，怎么可能看上她这胖丑的小丫头。她在小说里，顶多就是女主闺蜜这样的角色吧，只要保持积极向上的姿态，混个平淡的结局。

天元村的地势独特，盘山而居，能种庄稼的地跟猜谜似的，一铲下去，不知道下面到底是泥土还是岩石。村民们居住得比较分散，下面有好几个村，义诊队兵分四队，分头行动，作为队长的孔一夫向枳花招手：“你到我这一队来！”

不少女同学抱不平：“孔会长，你偏心！”

因为他们那队里有简皓，妙手回春不说，还能望梅止渴。

白薇薇主动走过去：“我也要待在你这一队。”

孔一夫一点不给面子：“我们这队人够了。”

知道跟他硬碰硬不行，白薇薇马上换上乖巧微笑的脸，说着：“一夫，让我跟你一队嘛，我第一次参加义诊队，没有你在身边，我怕自己会手忙脚乱。”

男孩子最怕女孩子撒娇卖乖，有男队员劝起孔一夫来：“队长，收了人家吧，虽然我们都知道她是白薇薇的女朋友，放心，我们知道你是不会偏袒谁的。”

“她不是我女朋友。”孔一夫赶紧申明，真是惹上一个瘟神，赶都赶不走。

“你……”白薇薇的声音带着鼻音，仿佛受了很大的委屈。

有男队友看不下去了，说道：“孔学长，女孩子的面子薄，就算是吵了架，也别落井下石，当心甩女朋友一时爽，追女朋友火葬场！”

经过白薇薇这段时间的宣传，大家都已经认定两人是情侣，虽然白薇薇表现得积极一些，但这年头，女追男已经是很平常的事。孔一夫优秀，架子端得高一些，也可以理解，但别过头。

再争下去只是浪费时间，孔一夫也懒得跟她争，说：“走吧！”

白薇薇知道这一局自己胜了，于是活蹦乱跳地跟在孔一夫后面。

孔一夫面朝队员们，眼神却飘向白薇薇，说：“咱们这次来是为学校争光，一个个少动歪脑筋，全都给我打起精神，救死扶伤！”

跟着会长有肉吃，枳花所在的组男生比较多，身强力壮，东西几乎不用女生扛，到了乡里，又把一队人分成三组，去往三个不同的村民组。孔一夫特地把枳花和简皓放在一组，分开前，语重心长地说：“枳花呀，你知道简皓是个内向的人，第一次来，你可得多带带他。”

枳花对于简皓的性格已经了解了七八分，不用孔一夫叮嘱，也会好好照顾他。

“会长放心，他在我在，他要是丢了，肯定是我把自己也弄丢了。”

不过后面的事实证明，孔一夫把简皓分给枳花照顾是有先见之明的，她的耐心和对中医术语的了解成功完成他的翻译工作。

简皓不擅言谈，所以惜字如金，比如一个小姑娘“纳差”，她就得给人家解释，就是普通人所说的厌食症，证明胃有问题。

再就是“内伤发热”，可不是武侠小说里被人打出的内伤，而是指气血失调产生的发烧症状。

队里弄了一台血液检测仪，简皓轻轻松松就扛在肩头上。他冲着枳花点头，示意她走在自己的右侧，阳光照射下来，就形成一把大伞的影子，把她罩在身下。

枳花说：“回到学校我请你吃饭吧，如果不是你把我背上来，估计我会晕死在回程的车上。”

“不用。”简皓客气。

枳花觉得他在拒绝，于是趁热打铁：“你有没有特别信任过一个人？”

简皓的心微微一动，是在说让自己完全地信任她？

她又问：“什么样的地方能让你特别放松？”

知道简皓是不会轻易说出口的，她自己猜：“江边，这个天气在江边吹凉风特别舒服，好像能把脑袋里的烦恼全都吹走，江边还有好喝的咖啡，加糖加到甜为止，老板都不会跟你瞪眼。”

简皓暗忖，这是她的约会邀请吗，一起去江边的咖啡厅坐坐？

看到他的嘴角竟然有了一抹笑意，看来对方的心理防线正被自己一点一点攻破，她准备正视问题所在：“做什么事会让你兴奋？”

他一愣，作为一个女孩子，这样的问题是否太过直白，不过现在的女孩子都敢爱敢恨，只是现在还不是讨论这个话题的时候。

做好事，帮助别人的同时，也能让自己的心情愉悦，义诊活动让大家的情绪高涨。晚上，有同学去山坡上拾了干柴，在村委外面的空地上搭了一个灶台，煮一锅土豆稀饭。

来的时候队里就有明确的规定，这里本来就地少物稀，不能吃村民的一粥一饭，避免增加负担，力气都用来背仪器和药材，带的吃食简单得可怜。

晚餐的配给有分量限制，女生嚷着减肥倒是无所谓，但身强力壮的男生就有些吃不消了，一个男同学跟枳花开玩笑：“我看你肉挺多的，不如把你那份让给我，你正好可以少二两肉。”

枳花瞪着眼：“我正打算拿去喂狗，你想吃就给你吧！”

说得像是在跟狗争食似的，男生白了她一眼，换了个位置走开了。

这个玩笑让枳花胃口全无，拿着饭盒转到村委会的后面，看到简皓已经在那里拿饭喂村委的那条大黄狗。

枳花暗忖，长得瘦就算了，偏偏还有诱人的肌肉，这么好身材的人都不吃饭，无形中激起她消失已久的减肥决心。

她正想上去打招呼，锦歌突然从旁边蹿出来，一把拽住简皓的胳膊，说：“我要跳舞了，过来凑个热闹吧。”

锦歌能歌擅舞，是学校各种晚会的表演主力，休息的间隙，听她唱唱歌，跳跳舞，绝对是种身心放松的享受。

锦歌从小就学民族舞，一字马什么的轻轻松松，她常常说，家里培养她花的钱叠起来跟她的身高差不多。哪怕是用手机放出的音乐，她也发挥自如，洋洋洒洒，一个村民被她的精彩舞技带动，唱起了山歌，将老师所说的医民同乐结合得非常完美。

知道枳花跟锦歌关系铁，有男生凑上来问枳花：“锦歌有男朋友吗？”

“没有。”

跟锦歌关系好的男生不少，花和告白信收得也不少，还真没看她正儿八经地跟谁谈过恋爱。用锦歌自己的话说，好看的皮囊到处都是，有趣的灵魂万里挑一，至于那个万里挑一在哪儿，还没有定论。

男生又问：“你能不能把锦歌的微信号码分享给我？”

枳花说：“你自己问她就好了。”

男生面露难色：“她……”

不用猜都知道，被锦歌拒绝了。她只得说：“这算是个人隐私，你还是亲自去问她比较好。”

男生悻悻而去，枳花赶紧开溜，免得后患无穷。

宿管阿姨常常义愤填膺地说浪费粮食是要下地狱的，听着听着，就跟紧箍咒似的，枳花不知不觉就养成了惜粮如金的习惯，在食堂只拿能吃的量，在外面吃饭会打包，现在没有胃口也不能倒掉，用盖子封好，饿的时候再吃。

枳花去了村长的办公室清点药材，明天还得分成三组分别行动，得保证每组的药材分配均匀。

枳花蹲下身整理药材，思绪神游，锦歌跳舞的样子在脑海里倒带一样来回播放，她不禁想起了言俊生的话，说只要是男生，谁不喜欢苗条瘦削、身姿摇曳的女孩子。她倍感泄气，俗话说，美好的大学生活应该由酸甜苦辣的爱情和积极向上的学习组成，看来她的大学，注定只能有积极向上的学习。

村委的房间太小，十多平方米根本躺不下八个人，锦歌瘦，身姿柔软，可以见缝插针。枳花最后一个回房间，地上横七竖八都是人，连下脚都担心会踩到别人，她点了一下女生的人数，除开她，还差一个没有回房间。不过不用担心，她用脚指头想想也知道对方肯定谈恋爱去了。不在的那个女生，男朋友也在队里，如此夜色撩人，肯定不能辜负，枳花只好退出去，关上门，在门口的树下坐着。

山里温差大，后半夜温度降下来，冻得她禁不住打了个寒噤。

远处有白色的光点，慢慢地移动，枳花暗忖，难道是萤火虫，但萤火虫不是成群结队地活动吗，一只孤零零的，是不是掉队了？

白点越来越近，她听到了急促的脚步声，等走近了，她才看清是村长。村长声音焦急："同志，我们这里有一个村民犯了急病，能不能请个医生跟我走一趟？"

虽然男生的屋里早已经熄了灯，但紧急情况必须紧急处理，她只得硬着头皮去敲门。刚抬起手，门突然打开了，身后村长手里的手电筒照到那人的身上，是裸着上半身的简皓，他看着她："有什么事吗？"

枳花这才发现她抬起的手离简皓的胸只有几厘米，僵在空中，似乎分分钟就会伸手摸上去，庆幸手电筒的光比较暗，看不到她涨红的脸。

枳花赶紧说道："有个村民犯了急病，村长想找个医生过去看看。"

"我去吧。"简皓转身进去，拿起白色衬衣套在身上，一边走，一边扣纽扣。

"我跟你一起去吧。"简皓性格孤僻，又不擅言辞，还有喜欢恶作剧的癖好，她得去看着，免得惹出什么无法收场的事来。

她快步跑进村长办公室，把简易药箱背上，一出来，简皓一把拉过药箱的带子挎在身上，也不说什么，跟在村长后面，又提醒她："跟紧点。"

如果不是村长带路，枳花会觉得这伸手不见五指的大山，四周风吹草动的沙沙声像极了移动迷宫的诡异，说不定从旁边会蹿出伤人的野兽。想到这里，她心里一紧，手不由自主地往前一揪。她本想揪住简皓的衣角，找一点安全感，减轻心里的恐惧，不知道是天太黑，还是手太滑，她的手摸到了简皓的屁股，她的手在抖，心里却在感慨，屁股好翘好有型。

"我看到有虫子，我帮你打虫子。"她敷衍的时候，恨不得挖个地洞钻进去。

简皓心里一阵温暖，枳花执意要跟来，一定是想陪伴自己、帮助自己。他欣赏乐于表达的女孩子，正好弥补他的少言，刚才肯定是想牵他的手，结果不小心摸到他的屁股，他索性将手伸过去握紧她的手，放在身侧。

不一会儿，掌心里的手都是汗，像抓着一条湿滑的小泥鳅。

到了村民的家里，破旧的泥墙，脏乱的陈设，一股恶臭传来，让枳花两眼发酸。顺着村长手电筒的光，墙角的床上堆着厚厚的破旧被子，如果不是村长指出来，根本看不出床上躺着人。

这个村民从前年开始就得了一种怪病，天气炎热，他却始终感觉到寒冷，夏天把家里的被子都盖上，依旧瑟瑟发抖。

枳花跟在简皓的身后慢慢地靠过去，借着手电筒的光，简皓拨开被子，检查病人的状况。病人不停颤抖着，用断断续续的声音回答着简皓的问话。

简皓诊断：“我见过这样的病例，叫太阳需求症，是因为前期感冒没有治愈，影响了身体机能才出现的症状，针灸是可以治愈的，但需要一个过程。”

他们的义诊也就三天时间，村长面露难色。

简皓说：“你放心，以后我每个月来一次就行了。”

枳花为他的古道热肠感动，想着如果不是有恶作剧的怪癖，他的医术和德行都是非常优秀的。她更是下定决心，一定要帮他解决心理难症。

简皓决定用艾灸，枳花赶紧去切姜片，把姜片放在病人的穴位上，再烧艾。

村长的手机响了，通完话，说：“我有事得先离开。”

枳花说：“我们有手电筒，过会儿自己回去。”

村长有点担心：“你们能找到回去的路吗？”

“没问题的，直走，拐两个弯就到了。”

临走前，村长不忘叮嘱：“如果找不到路，就给我打电话。”

枳花拿着手电筒，简皓为病人烧艾，手电筒发出淡黄的光，映出他修长白皙的手指，骨节分明好看，自己的圆润小胖手与之相比相形见绌。

“把手电筒的光往前挪一点。”简皓说了两遍，她才回过神来，把手电筒往上抬了抬。

烧完艾，病人的呼吸没有之前急促了。临走前，他安抚对方：“你好好休息，明天我再给你送些药过来，只有把身体机能调理好了，症状才能慢慢减轻。”

“谢谢。”枳花听到病人的声音分明带着感激的哭腔。

走出屋子，她高兴地往简皓的肩头一拍：“没想到你还真有两下子。”

刚才他给病人艾灸的样子，手法老到，干净利落，跟行家似的。她跟着义诊队出去过好几次，有学长做艾灸时，把病人烫得嗷嗷直叫。因为是义务服务，很多人都通情达理，不去计较，只当是给人家练手，也算是一种变相的回报社会。

两人站在小道上，环顾四周，漆黑一片，简皓问：“你真的记得回去的路？”

她觉得自己的方向感挺强的，于是招招手：“跟我来！”

这次换她带着他走。路上虽然黑暗，但一路平坦，她用手电筒照着路，走出一小段后踏了空，没有任何征兆，只感觉脚下一软，像是掉进了一个黑窟窿里。

“啊！”落地的时候，她哼了一声。

“枳花？”

她听到简皓的声音，却看不见他，侧头，自己的手电筒掉到几米开外的地方，光亮的圆点周围漆黑一片，黑得让她不敢去捡，担心再掉进不知道的陷阱里。

简皓拿出手机照了照，手机的光离她大约有两米多，她该庆幸脚下的草够软，否则真得缺胳膊断腿了。

简皓说："你等着，我马上下来。"

"别，千万别下来……"她担心他下来了上不去，只是话还没说完，简皓就跳了下来，站到了她的旁边。

她泄气，这下谁都上不去了。

手机发出的光能见度很低，这两米的距离，到底是杂草还是光秃秃的泥土无法判定，然后路在哪里，也找不到了。

简皓说："我去捡手电筒。"

她赶紧抱住他的胳膊："别去，万一那附近有坑怎么办，你掉下去了，我可捞不起来你。"

简皓说："打电话给村长吧，他对这里的路比较熟。"

枳花摸了摸口袋："糟了，我放在宿舍里充电忘带了。"

这时，简皓的手机响起了电量不足的嘟嘟声，然后自动关了机。她有点绝望："你干吗不充电！"

突发状况让枳花始料不及，之前去过的村子至少是有路灯的，第一次到偏僻贫穷的大山深处来，没有做足准备，让人措手不及。

枳花蹲下身，试图冷静下来再想办法。

“咳！咳！”有风吹来，她咳嗽了两声。

简皓只穿了一件衬衫，正要脱下来，她说：“千万别，等会儿你感冒了，我可成大罪人了。”

他还是把衬衫脱下来披在她的肩上，衣服带着他的体温，她的身体瞬间感到了暖意。她嘴上不说，心里却欢喜得开花。

简皓靠着她坐下，尽管他脱了衣服裸着上身，隔着衣服，依旧能感觉到他发烫的身体，热得她心跳加快。她想到中医书上说过，男人五行属火，自带热度，现在是非常情况，为了不感冒，就把他当火炉用一下呗。

这种感受让枳花觉得是在渡劫，裸身美男在旁，享受人家的体温，还得坐怀不乱，心如止水，实在是对毅力和心性极大的考验。不过她的耐力有限，很快就心跳加速，呼吸急促，被言俊生拒绝之后，她以为可以保持平和的心态，把男生当成哥们儿来看待，没想到在简皓面前，她好不容易筑起的堡垒瞬间就倒塌了。

她赶紧将手放在胸口压住。

简皓突然握住她的手，轻轻地下滑，中指和无名指按在她手腕的脉搏上。

她愣了一下才反应过来，对方是担心她感冒，如果让他摸脉，自己心神狂乱就一览无遗了。

她赶紧将手抽回来，说：“没事的，我这样的身材，皮糙肉厚，百毒不侵。”

他又把手放在她的额头，没有体温异常，才放心。

他问："你是什么时候注意到我的？"

他很想知道她对自己的青睐是在什么时候。

枳花暗忖，不能实话实说，当着病人的面说人家有病，特别是心理上的，他不一定会察觉到，即使明白，面子上也过不去。她说："那天听你讲课，觉得你特别优秀，我还指望着你把减肥那套绝招教给我呢。"

"我们什么时候去江边？"他担心自己的声音会颤抖，故意压得很低。

那天在他面前提起过江边的风、可口的橙汁能让人心情轻松，惬意地畅聊，看来他是同意她的治疗方案了。于是她说："下周二吧。"

"好，那就下周二。"

不知道是不是害怕产生幻觉，枳花总感觉周围草丛里有什么东西蹿过，发出窸窸窣窣的声音，脑袋里立即浮现出蛇的样子。她下意识地往简皓身上靠，简皓只当是定好约会时间的开心表达，他很想用手轻轻揽住她的肩头，抬到一半又放下去，他还缺少一点勇气，想着下次吧，等约会那天，他一定鼓起勇气去牵她的手。

月亮从云里钻出来给四周洒下一点光亮，借着月亮的微光，上方的小道显露出来。简皓看了一下，说："我们可以从这里爬上去。"

说着，他蹲下身来，让她坐到自己的脖子上，顶着让她先上去。她不停地挥着手：“我怎么能坐到你脖子上，太不礼貌了。”

他懒得跟她客套，直接把她往肩头上扛。待两脚悬空，她只能乖乖就范，耳根绯红：“我是不是重得像猪？”

为了减轻他身上的压力，她抓着杂草使劲往上爬，很快就回到了小道上，她问：“手电筒怎么办？”

“天亮再来找吧，现在赶紧回去。”简皓身手敏捷，很快就上来了。

快到村委的时候，天已经蒙蒙亮。有男生在井边洗漱，看到两个人一起回来，意味深长地笑了笑，低头继续刷牙。

在队里，男生几乎都不会跟简皓开玩笑，主要是他平时淡漠又冷峻的形象，冷着一张脸，少与人交流。很多人都说他高傲不好相处，但人家的确也有高傲的资本，成绩年年第一，保送硕博连读，最可怕的还是他“地头蛇”的身份，一大家子都是学校的教授，万一得罪了他，大学生活恐怕就要水深火热，所以大家觉得惹不起，躲得起，对他敬而远之，自然不会去自找麻烦。

枳花回到宿舍，女生们都醒了，一个个对着镜子又涂又抹。女生的爱美之心从来不会因为环境恶劣而改变，头可断，发型不能乱，血可流，脸上不能不擦防晒油，所以为了不耽误义诊的间，就早早起来化妆。

一个女生走过来，用手指轻轻捏起一片沾在枳花 T 恤上的草屑问：“看，这是什么？”

枳花莫名，这有什么大惊小怪的。

女生玩笑着：“你跟简皓天亮才回来。说吧，大半夜的，你俩跑到草丛里做什么去了？”

枳花赶紧解释：“昨天半夜的时候村长来过，说有个村民得了急病，我才跟简皓一起去看病人，不信你们可以去问村长。”

“别这么紧张，我们只是开玩笑而已。”

几个女生笑了笑，她们的确也只是玩笑，大学生谈恋爱是稀松平常的事，素来冷漠寡言的简皓会喜欢枳花，她们也只是抱着半信半疑的态度。

白薇薇凑到枳花身边：“社长，你又让我刮目相看了，连简皓那种拒人千里之外的极品你都能搞到手，传授我两招呗，让我把孔学长手到擒来。”

别人误会，那是不明就理，但白薇薇明明知道她接近简皓只是为了治疗他的心理疾病，端正三观。她没好气地说：“你也打趣我。”

“哪有。”白薇薇辩解，“社长，还是你规定的，在对同学进行心理疏导的时候，要保持距离，不能让对方有任何暧昧的误会，一定不能独处，选择谈话的地方一定要在公共场所。昨天晚上，你们俩在草丛里待了一夜，只是做心理辅导吗？”

“是的。”枳花不想做太多的解释。她折腾了一夜没睡，顶着一双疲惫的熊猫眼，现在只想休息。

锦歌把枳花拉到一边，递了一罐咖啡给她："我可只有这一罐，看我对你好吧！"

锦歌偶尔的小贴心会像久旱甘霖一样出现，枳花乐呵呵地说："我知道你对我最好，我要是男人，早把你娶回家了。"

锦歌问："昨天晚上，你跟简皓上哪里去了？"

枳花喝了一大口咖啡，差点喷出来："你又来？我简直要疯了！"

"就是问问，昨天半夜起来上厕所，只看见你的手机不见人，害我担心死了！"

枳花伸手抱了一下锦歌："知道你关心我啦，不好意思，昨天有点背，从村民家回来的路上不小心掉山坡下面去了。天又黑，吓得我俩不敢乱动，所以天快亮的时候才回来。"

锦歌似乎要打破砂锅问到底："掉到山坡下待这么久，就没发生点什么浪漫的事儿？"

锦歌这么一提，枳花不禁想起昨天披着简皓的衣服，两人又贴得那么近，顿时脸红起来。

锦歌看出了端倪，也不说破，只是戳了一下她的脑袋："下次出去别把手机落下，打个电话，我好去救你！"

村民们为了感谢义诊队，煮了一大锅红薯小米粥，大家喝着热腾腾的粥，昨天所有的疲累好像都一扫而空了。

枳花迅速地喝完粥，然后去村长办公室配发药材。一进门，她就发现放在中间的白色药箱是开着的。她一直负责药材的管理，如果有人需要会提前知会她一声，方便记录，看到箱子开着，她隐隐有种不好的预感。

箱子里放着比较贵重的参片和何首乌，现在全都不见了，村委里除了村长就只有义诊队里的人，谁会稀罕这些东西？

难道是缺药的村民？

她拍了拍脑袋，觉得不能这样胡乱地揣测人。经过昨天的义诊，发现这里的村民特别淳朴，他们的义诊是免费的，村民们把自己并不充裕的粮食拿出来给他们。

当一个村民把一包过期的方便面拿出来塞到队长孔一夫手里时，大家差点哭了。那包方便面的市价不过两块钱，但对偏远贫穷的村民来说，却是难得的美食，都放过期了，也舍不得吃，最后拿出来送给他们，所以孔一夫要求大家尽可能地不错过任何一个生病的村民。

空气中还弥漫着参片浓郁的味道，应该没有被拿走多久。她赶紧走出办公室，鼻子在空气里嗅了嗅，想追踪味道的去向。

枳花学霸的称号不是浪得虚名，对于中药材味道的敏感度自诩超过警犬，这缘于她生长在一个中药世家。

她从小跟在言爸爸和言妈妈的身边，耳濡目染。十岁的时候，她只要闻一闻味儿，就知道是什么药材。言爸爸还扬言，她有对中药的天赋，将来有一天，“言正堂”是要由她继承的。

就“言正堂”的规模而言，她也算得上妥妥的富二代，但她不喜欢跟别人提起她的家世，也从不觊觎言家的任何东西，她只要做自己就行了。锦歌第一次知道她的家世后，还感叹，你这么低调干什么，这是你自带的光环，别人羡慕不来的。

顺着淡淡的人参味，枳花绕到村委的屋后，穿过两棵茂密的皂角树，一个修长的身影立在那里。那种鹤立鸡群的高大让她一眼就认出是简皓，只是奇怪他白衬衣上都是泥痕，很新鲜，不像是昨天晚上在山坡下蹭的。

她装作若无其事地走过去，鼻子却悄悄地嗅着气味，那股参味似乎正从他身上散发出来，如果是其他人，她肯定会让他马上交出来，然后指责对方的错误。只是她没想到，简皓竟然把恶作剧指向了她。

她深呼吸，压抑着心里的怒意，他这一倒腾，耽误她多少事，几个小组的人还等着她配发药品。这些药片对他来说不值什么，但对于那些需要补气固本的村民来说，却是很难得的珍贵药材。

她伸出手：“给我吧，我知道你有时候也身不由己，这次算你帮我，我会感谢你的。”

他从裤子口袋里掏出两个塑封袋放到她的手上。

她生气的态度，让他有点手足无措，想要解释，话卡在喉咙，那种熟悉的恐惧感袭来，他要怎么解释，才能不引起她的误会？

队里马上要出发，她催促着："走吧，大家准备出发了。"

他只好默默地跟在她的身后。

分组是固定的，自从第一次把白薇薇分到跟他一组，孔一夫就后悔了，尾巴后面跟个"瘟神"，甩都甩不掉。白薇薇脑子好使，反应也快，和他搭档还算合拍，也找不到理由把她给"甩"开。

村长说有一户村民住得比较远，家里有个长年生病的大婶，希望他们派个医生去看看。孔一夫主动前往，白薇薇比任何人都积极："我给学长当助理。"

大家都知道是怎么回事，都不和她争。

来到那户村民家里，大婶长年卧床。经过诊断，孔一夫认为大婶是血气不通，这是一种亚健康状态，看看居住的环境、阴暗潮湿，房间里胡乱堆放着一些杂物，仔细一看，有空瓶子，发霉的农具、腐烂的草叶。从进门开始，他就注意到空气中的腐臭味儿。

孔一夫觉得气血不通，食疗最好，但看到这个一贫如洗的家，他心里就发酸，回去发动一下募捐，只能暂时改善村民生活状态。要想彻底提高大家的生活水平，就得从源头着手，让村民靠有效的劳动来致富。

他想到上山时跟简皓说的话，或许跟农科院沟通一下，让他们派人来看看，是否能进行金银花的大面积种植。不过眼下，要大婶的病状好起来，一个空气流通的环境很重要。

他对白薇薇说："你动手把屋子打扫一下吧。"

白薇薇没有半点推辞，挽起衣袖就开始干。说到收拾归纳，女孩子总是要在行一些，一个下午，她就把屋子弄了个大变样，把农具收拾到旁边的厨房里，霉烂的菜和草都扔掉，舍不得扔的空瓶子都堆到屋后，又用扫帚把凹凸不平的地扫了一遍，洒上水，不让灰尘四处飘散。

孔一夫也动手把院子整理了一遍，等他把杂草除完，看到白薇薇已经在院子里晾晒洗过的被子，上面全是补丁。

"干得不错。"他忍不住夸了对方一句。

白薇薇赶紧问："开始发现我的优点，是不是有好感了？"

孔一夫没好气地说："大姐，我哪点惹着你了，你到处坏我的名声。"

白薇薇不服气："我哪点配不上你了，凭什么说是我在坏你的名声！"

"你不要白费力气，我不会喜欢你的。"

"那不一定。"白薇薇嘀咕着。

秀才遇到兵，有理讲不清。他索性不讲了，随她吧，反正他是不可能喜欢她的。

回去的路上，孔一夫故意走得飞快，白薇薇毕竟是女孩子，不可能像他健步如飞，道路很窄，泥土很松，踩在上面深一脚浅一脚，一边是陡峭的山坡，另一边是水田，很快就落下一段。

白薇薇说："孔学长，这个时候你不是应该展现一下绅士风度，牵着我的手走吗？"

为了方便行走，她在路边捡了一根干树枝当拐杖。

孔一夫哪里敢，上次明明是她走错了卫生间，结果自己无辜地惹上一块狗皮膏药。这手一扶上去，还不知道她又要动什么歪脑筋来"设计"自己，惹不起，避得起，时刻和她保持距离。

他正在心里"打着算盘"，突然，草丛里响起窸窸窣窣的声音。想到这个季节正是蛇出没的时候，那声音越来越响，似乎朝着他的方向而来，他吓得尖叫了一声，脚下打滑，直接掉进了水田里。

白薇薇快步上前，听到他说了一声："蛇！"

她立即舞动手里的树枝，敲打着草丛："哪里有蛇？"

她不仅不害怕，似乎还有点兴奋。

草丛里没有动静，她露出失望的表情，孔一夫诧异："你不怕吗？"

"怕什么，蛇去湿气，如果抓到了，我还可以拿去煮汤给大婶喝。"她向孔一夫伸出手，"来，我拉你上来。"

"不用，我自己能上来。"

孔一夫从水田里上来，整个裤脚都湿透了，不仅滴着水，还满是污泥。白薇薇反倒嘲笑着："你是男人吗，一条蛇而已！"

"关你屁事！"他忍不住骂了一句。他小时候被蛇咬过，之后发热难受，有了心理阴影。

回到村委的宿舍，孔一夫赶紧把弄脏的裤子脱下来，拿着盆子打水洗澡。等他洗完回来，发现放在宿舍的裤子不见了，于是问队友，队友说：“白薇薇拿走了。”

他着急上火：“为什么要给她？”

队友回答：“女朋友帮男朋友洗衣服，不是很正常吗？”

Chapter 05
我靠近，你逃跑

义诊结束，枳花被言妈妈叫回家，炖了鸡汤说要给她好好补补，表扬她去义诊，也心痛她在偏远山区风吹日晒，也没什么好东西可以吃。

回到家里，言妈妈拉着她看了又看，说：“好像瘦了，黑了！”

“只去了四天，怎么可能有这么大的变化！”言妈妈从小就把枳花当成掌中宝，哪怕不小心割破了手指头，都要心疼好久。

每次回家，枳花都是直奔抓药的柜台，帮着给顾客分装药。言妈妈再一次在拿药的柜台“捉”到枳花，又心疼，又欢喜：“你这丫头，赶紧进去休息。”

“言正堂”的生意很好，抓药的客人排着长队，她说：“反正闲着也是闲着，别让客人久等嘛！”

言妈妈冲着里屋大声喊：“俊生，你出来！”

言妈妈的命令绝对是家里的圣旨，言俊生再不情愿也得赶紧出来，慵懒地靠在门框上，先是白了枳花一眼，尽管已经知道母亲要说什么，还是极不情愿地回应：“妈，又怎么了？”

“你看看……”

言妈妈的话还没有说完，言俊生就不耐烦地说：“好好，我这就去帮忙。”

言俊生左摇右晃，极不情愿地走到枳花旁边，一把抢过她手里的小秤，往药单上瞟了一眼，转过身去拉开身后一个小药柜，正伸手去抓药，枳花小声提醒："错了，白芷是旁边那个！"

言妈妈对着言俊生厉声说："你要是回家再一心抱着游戏机，我就把电脑扔出去，好好跟着枳花学学，这么大的人了，别让我和你爸一直操心。"

药材公司对账的人来了，言妈妈带着对方去了办公室，枳花赶紧接过一个病人刚拿来的单子，低头抓药避免和言俊生相处的尴尬。

她明白言妈妈把言俊生叫出来的意图，从她懂事开始，就听言妈妈和言爸爸不时地提起过，要亲上加亲，从小养大的媳妇更融洽，也更贴心。

枳花也一度默认过这种期望，从有了懵懂的少女情怀开始，她就把言俊生看成是自己未来的老公，格外黏着他，当有同学笑称她为言家的童养媳时，她不仅不争辩，心里还美滋滋的。

还是小屁孩儿的时候，言俊生对她是很不错的，到哪里都带着她，偷入药的腌柿饼给她吃，被抓到之后，他会主动承认是自己拿的，跟她没关系。上小学的时候，有同班顽皮的男同学欺负她，言俊生会跑到教室去帮她报仇，然后恶狠狠地对男同学说："你再欺负我妹，我会打得你满地找牙。"

为这，言俊生还被老师请了家长，说他社会习气太重，欺负小同学，为此，他没少挨揍。

言俊生有一张标准的卡通男主脸，瘦削的脸形配一双大眼睛，在枳花看来，简直就是浪漫小说里男主的标配，而自己幸运地成了女主角。

但随着年龄的增长，言俊生不再带她一起玩了，有什么事也不再帮她出头拿主意。高中的时候，在言爸爸撞到言俊生翘课去和女孩子约会后，她的角色就变成了妨碍男主角找到真爱的恶毒女二。

言爸爸和言妈妈越是撮合两人，言俊生对她的态度就越恶劣。“东方之猪”事件后，两人的关系一度恶化到见面就避。为此，言俊生还被父母狠狠教训了一顿，停了他三个月的零花钱。最后，以言俊生主动下跪道歉收场。即便如此，她的心里已经与他有了隔阂，有时候，还会故意跟他较劲。

言俊生用胳膊肘轻轻碰了碰枳花：“你陪我出去一趟呗。”

他的轻言细语必是有所求，肯定是想借她这个幌子出门去玩。她说：“天气怪热的，不想出去。”

“乖，帮哥一回，哥请你吃冰。”

“不去。”她无视。

他又开出诱惑的条件：“要什么给什么。”

她才不屑：“你身上有一样是自己赚的吗？”

见“软”的不行，只能来“硬”的，他双手抱臂：“我要出去见我女朋友，你得找个借口带我出去，否则我妈不会同意的。如果你不带我出去，你有没有想过，晚上睡着睡着，床上会出现一只大老鼠？”

他在威胁她？

“好吧。”

她同意了，并不是害怕他的威胁，而是为他的爱情。她觉得，只要他和女朋友是真心相爱的，言爸爸和言妈妈就不该阻止。

言俊生自从去年大学毕业后出去找工作屡屡碰壁，不得已，言爸爸只得把他叫到自家店里来，从最基础的药材分辨开始学，指望着能让他接自己的班。谁知道言俊生志不在此，学起来也是吊儿郎当，一年一晃而过，一事无成，让言家父母失望至极。

言妈妈向枳花吐露过，或许从小对言俊生的管理太严格，让言俊生产生了逆反心理，才会导致他不爱学习，爱惹事。为此，言家父母对他有过一段时间的放宽和松懈，希望他自己能随着年龄的增长而懂事。前段时间，他领回来一个女孩子，做模特的，说要结婚。

结果言爸爸和言妈妈左看右看都不满意，一来觉得言俊生还不够成熟，除了家里的供给，自己根本养活不了自己，哪有资格成家；二来，他们觉得那个女孩子并不适合言俊生，两人都是爱玩的性格，只怕言俊生的生活会越来越放纵。

面对言俊生的坚持，言妈妈没收了他的跑车，停掉了他的信用卡，果然没几天，他就乖乖地回家来了，只是心里仍然倔强着。

他回来也只是缓兵之计，想着在父母面前好好表现，把“言正堂”的生意学起来，得到父母认同的时候，才能保全自己的爱情。他就这样跑出去，如果让父母知道他又去找女朋友，刚建立起的那点“好感”会荡然无存。

有枳花这个挡箭牌在，老爸老妈才会对他放松警惕。

见枳花同意了，言俊生赶紧朝着言父吆喝：“爸，枳花要去买书，我去帮她拎包。”

言爸爸的目光瞟向枳花，俨然一副不相信儿子的态度。枳花只得帮腔：“爸，我马上要参加药师资格证的考试，差一点资料，我要去书店，要买的资料挺多的，想让哥去帮我拿一下书。”

言俊生趁机向老爸拿车钥匙：“书店挺远的，坐公交车太慢，开车快一点。”

言俊生接过车钥匙，卖着乖：“天气怪热的，放心，我一定会把她完璧归赵的。”

出了“言正堂”的大门，言俊生把胳膊往枳花肩上一搭，就跟哥们儿似的说：“今天就算是帮哥一回，以后你有什么事，我帮你担着。”

她把嘴一撇，估计没那个机会。

她问：“你要去哪儿？”

“去了就知道。”他拽着她上车，一踩油门，飞驰而去。

车上，言俊生向她伸手：“先借点钱来用。”

她无奈地把手伸进口袋里掏出一张红彤彤的钞票递到他手里。

言俊生皱起眉头："这么少！"

他是个高消费惯了的少爷，为了不让他出来泡妞，言爸爸一个月只给他一千块的零花钱，自然是不够的。枳花只好把口袋里的另一百块也给他："我只有这么多。"

言俊生不相信："怎么可能，你用的可是我妈的金卡，额度至少几万。"

自从上大学后，枳花就没再用过家里的钱，学费和生活费都是她自己打工赚来的，那张卡就成了摆设，放在她的钱夹里，一次都没有用过。为此，言妈妈以为她见外，和她恳谈过。她感激言家父母的养育之恩，但更想锻炼自己独立的能力，说她会把卡用来应急，这才打消了言家父母的顾虑，也更加看重她。

她不客气地说："我跟你不一样，我的钱都是做兼职赚来的，两百块已经很多了。你要就拿着，不要就算了，记得要还给我。"

言俊生把嘴一咧："好，会还给你的。"

出门前，他就问好了地方，女朋友这会儿正在商演走秀，高挑纤瘦，尖脸凤眼，化着精致的妆容。女孩子看向旁边一脸不情愿的枳花，问："这是谁呀？"

女朋友只听说有枳花这么一个妹妹，却没有见过面。

言俊生大方地介绍："这是我妹，有可能是你未来的小姑子，所以提早让你俩见见。"

言俊生有张抹了蜜的嘴，对女孩子很有效，唯独甜不了老爸老妈的心窝子。

言俊生握住对方的手，眉头一皱："好久没见，真是想死我了，你有没有想过我？"

枳花尴尬得要命，面对面地见证两人谈情说爱，感受别人的浓情蜜意对她来说简直就是一种凌迟，她说："我去旁边的商场转转，过会儿给我打电话。"

她刚转过身，就听到女孩子对言俊生说："你妹妹圆圆的脸，好可爱。"

言俊生立即讨女孩子欢心，说："她哪里可爱，胖乎乎的，不像宝贝你这么窈窕好看！"

枳花最恨别人拿她的身材玩笑打趣，一咬牙，转过身恨恨地说："言俊生，我现在就回去了，你要么跟我一起走，要么就在这里慢慢约会，我回去帮你知会一声！"

言俊生赶紧向她递眼色，这种时候可不能拆他的台。

她装作不明白，快步就向店门口走。刚走到外面的人行道上，言俊生就追出来一把拽住她的胳膊："你有病呀，早知道你就别答应带我出来！"

她瞪着他："早知道你这么损我，我才懒得帮你。这种损人又不利己的事，你这不是自己找抽吗！"

言俊生笑了："原来是在生气这个。我也没说错呀，你看你，粗胳膊粗腿的，也不好好管管自己，少吃两顿又不会死！”

“我减不减肥关你屁事，我自己赚钱自己吃，碍着你什么了。再说了，你就没觉得你自己长得矮吗，俗话说男生不到一米七就等于二级残废。我肥可以减，你矮还有机会长高吗！”

言俊生火了：“你是故意拆我的台吧，好不容易出来一趟，我要是跟她吹了，看我怎么收拾你！”

她才不怕呢：“好啊，看谁收拾谁！”

他不过是逞口舌之快，他还真不敢对付枳花，只要枳花一告状，自己非得被剥层皮不可，从小到大父母对她的宠爱，他对这点坚信不疑，于是赶紧换了笑脸，跟她道歉：“姐，是我嘴欠，跟你道歉，你等我一小时，我很快就好。”

星期一枳花没有课，还是提前回到学校，免得在家看到言俊生就来气。中医学里说生气对肝脏不好，为着她的肝脏，也得远离这个烦人的家伙。

她有段时间没去劝学社了，来到教室，白薇薇无精打采地斜坐在沙发上，她问：“其他人呢？”

“上课的上课，约会的约会，只有失意的在这里坐着。”

白薇薇这么一说，枳花就知道是关于孔一夫的，她劝道：“你别在孔学长这棵树上吊死了，换一棵吧。”

“不要。”白薇薇嘴一噘，“我很专情的，而且我这人，不达目的，绝不罢休。”

执着是好事，但用错地方就是自找没趣。

白薇薇又问：“社长，你怎么不跟简皓约会去？”

这么一提醒，她才想起约了简皓去江边的事。看看这个星期的课程安排，只有星期六有空，她赶紧给简皓打电话，约他星期六下午三点在北滨路的小久咖啡厅见面。

在约好的时间和地点见到简皓时，枳花差点没认出来，他穿了很正式的西装，头发梳得一丝不苟，不像学生，倒像个公司上班的白领，那股严肃与沉稳像极了孔一夫出席重要场合的样子。他跟孔一夫是好朋友，物以类聚，说得一点没错，连品位都是一样的。

坐下来的时候，简皓的眉间闪过一丝焦虑和不安，她只一眼就察觉到了，就跟职业病似的。劝学社成立的两年里，她没少念心理学方面的书，以便和同学沟通的时候，能读懂对方是否有难言之隐。

她用笑容来让他放松：“你这样穿，真帅。”

男人跟女人一样，喜欢别人夸奖帅气，果然不出她所料，简皓笑了，眼眸璀璨，如沐春风，她目不转睛地愣了好半天。

简皓抬手在她眼睛前面晃了晃才让她回过神来，下意识地摸摸自己的嘴角，担心会花痴得流口水。

还好没有失态，她赶紧坐正。她看过不少类似的心理治疗案例，有怪癖心理疾病的人需要得到别人的理解和信任，把他的注意力转移到平时喜爱的事情上，保持平和的心态，循序渐进，就能慢慢治愈。

枳花说：“我点了橙汁，不知道你要喝什么，所以没有点，你自己看看吧。”

简皓要了咖啡。

呷了一口冰橙汁，那凉意从喉咙滑到心口，她才缓缓地问：“你平时爱好什么？”

“我很多时候都是在家里看书。”简皓回答得一本正经，想着她诚恳地约他出来，两人也算是正式开始交往，了解对方的习惯、爱好，也在情理之中。

他反问：“你呢？”

她暗忖，没想到他还有防范意识，她进一步，他也得进一步。

枳花耸耸肩：“我也没什么爱好，每天就是上课，参加社团活动，然后回宿舍，挺单调的。”

“下次去图书馆的时候，我叫你。”

她点了点头，这是个好主意，跟他一起去看看书，多相处一下，就更能了解他“犯病”的原因在哪里，还好对症下药。

简皓把外套脱下来搭在椅子的靠背上，今天的天气挺热，穿着这一身走过来，汗流浃背。

他本来是个喜欢休闲舒适的人，平时几乎都是运动休闲装，昨天孔一夫看到枳花发来的约会定位，知道两人要见面，就提醒他对待第一次约会，一定要郑重其事，拉着他去商场买了这套西服。

孔一夫美其名曰，西装会让男人有成熟稳重的魅力，更能给女人安全感，而且穿西装显得正式，对待这份感情认真。

简皓没有谈恋爱的经验，面对喜欢的枳花，担心自己的木讷和不擅言辞会让对方退却，而且看孔一夫挺受女孩子欢迎，想必对如何讨女孩子喜欢有一番见地，可以采用。

见他把西装脱下来，枳花诧异这么热的天，虽然他的外套挺薄，但这么两件穿着，还是会热吧，看来他的大脑思维异于常人，天才嘛，总有一些让平常人难以接受的生活习惯。

枳花跟简皓在咖啡厅里坐了一下午，大多时候都是枳花在口若悬河，简皓虽然言语很少，但会用点头来表示在认真聆听。

给枳花留下最大的印象就是“孤单”，在他十几岁的时候，父亲因为车祸意外去世，母亲为了养家，工作繁忙，漫长的成长岁月里几乎都是他一个人度过的。她对他升起一股同情心来，有临床案例提到过，这类病人怪异的举止往往是想引得别人的注意，渴望得到温暖。

不知不觉已经到了六点，枳花说：“为了感谢你能坐下来跟我聊这么久的天，我请你吃晚餐，前面有家烤肉店，味道很不错哦。”

坐在烤肉店里，枳花四下环顾，几乎都是出来约会的年轻情侣，她觉得选错了地方，不仅要被情侣的浓情爱意夹击，还担心简皓会不自在。她问：“要不要换个地方？”

“这里挺好的。”

简皓已经拿过菜单递给她，虽然没说什么，但明显是让她点菜。

反正是她请客，没必要跟自己客气，枳花要了五花肉和虾。她是出了名的好胃口，无肉不欢，海鲜是最爱，反正也减不下去肥了，就不能再对不起自己的胃。

五花肉摆上桌，简皓先她一步拿过烤肉夹，将肉片有序地放到烤架上，细致认真的动作让枳花心里微微一动。如果她跟简皓是男女朋友关系，这个动作就显得格外体贴，爱意绵绵。

她突然扬手轻轻拍在脸上，赶走脑袋里不切实际的幻想。

简皓抬起头莫名地看着她，她挤着笑容：“有蚊子，刚才有好大一只蚊子。”

虾从新鲜的青色变成了橙红色，简皓把虾都夹进她碗里。

她红着脸：“真不好意思。”

在美食面前，也顾不得什么淑女形象了，反正也不可能跟简皓谈恋爱，就没必要委屈自己的胃。

她一只手捏住虾头，想把虾线给拔出来，不料食指被细小的虾脚给刺了一下，顿时就冒出一个血点。

她想用最普遍的方法，把手指放进嘴里消毒，简皓却阻止：“我拿水给你洗一洗。”

简皓去吧台拿了一瓶蒸馏水，伸手握住她的食指，把水缓缓地倒下来，冲洗掉血迹。

他说："千万别用创可贴，让伤口保持透气。"

她抬起手，闻了闻食指，被他握过的指头有一股淡淡的杜仲味儿，这似乎是他的专属味道，干净清透。

她再次拿起筷子，简皓伸手把她面前的碟子拿了过去，然后戴上一次性的塑料手套，开始剥虾，剥好一只，放到她碗里。

枳花瞬间红了眼睛，不禁想起以前跟言俊生吃虾的场景，她撒着娇让言俊生帮忙剥虾，言俊生总是一脸嫌弃地说："谁会喜欢剥这玩意儿，除了喜欢你的人，谁有这闲工夫。"

如果他喜欢她，那有多好。

她有自知之明，简皓除了有点心理隐疾外，可以堪称是一个完美的男生，此刻帮她剥虾，或许只是为了感谢她的理解。

她吸了吸鼻子，埋头继续吃。

简皓住在教师家属院里，跟学校宿舍是不同的方向，他却坚持送枳花回女生宿舍。到了女生宿舍门口，两人挥挥手，枳花催促他早些回去，但他站在那里不动，非得看着她进宿舍大门。

枳花刚一进宿舍，宿管阿姨就像游魂一样突然出现，笑着问："男朋友？"

她摇头："一个学长。"

宿管阿姨认得简皓，他是个孤傲的主儿，从没见他送过哪个女生回宿舍，所以她的说辞，宿管阿姨才不相信，竖起大拇指夸她："有眼光，不说他家那些关系，就说他的能力，将来毕业留校绝对不是问题。"

她尴尬地笑了笑："阿姨，我有点累，先回宿舍了。"

宿管阿姨露出打趣的笑容："去吧，早点休息。"

回到宿舍，锦歌脸上贴着黑色的蕾丝面膜，枳花在一本杂志上见过，一片够她一个月的伙食费了，奢侈得让她目瞪口呆。

锦歌说："你跟简皓约会去了？"

她惊讶，为什么锦歌会知道她跟简皓见面了，说："是跟他见面，但不是约会。"

锦歌说："宿舍的小珍回来说看到你跟简皓在北滨路的咖啡厅里。跟发现新大陆似的，在同学圈里帮你宣传了一拨。"

宿舍的小珍在北滨一家餐厅当服务生赚零花钱，能遇上也不奇怪，不知道这算不算人言可畏，原本普通的校友关系，这么一宣传，有理真的说不清了。

锦歌问："简皓有才又帅，你真的不动心？"

锦歌说中了枳花的心事，就在简皓剥虾的时候，她就已经动心了，好在自制力够强，并没有到无法自拔的地步，也就无所谓。她申明："我可是心如止水，一心只读圣贤书，恋爱结婚，以后再说。"

锦歌说："那你把他介绍给我吧？"

"你好像不喜欢他那类型的吧。"

简皓是典型的书呆子，她不止一次听锦歌抱怨过，最不喜欢书呆子型的，每天被书本课程已经占去大部分时间，如果闲余时间聊天还跟书本脱不开关系，非得烦死。

曾经有一个针灸系的研究生师哥对锦歌发起过猛烈的追求，师哥自身非常符合锦歌的"三有"标准，所以她决定约会试试看。约会中，师哥的话题一直在人体五行穴位上转，锦歌觉得无趣，回来抱怨了一番，和那个师哥就没了下文。

枳花说："他很闷的，聊了一下午，几乎都是我在说话，他就'嗯、啊'了几声。"

锦歌很认真："我现在口味变了，油嘴滑舌的男人大多不靠谱，还是木讷老实的比较贴心。"

枳花有点为难，算起来她跟简皓也就聊过两次，只能算是普通朋友，怎么好意思提介绍女朋友的事儿。

锦歌看出她的为难，说："安排我们见个面就好，其他的我自己搞定。"

经不住锦歌的央求，枳花犹豫着，最后还是点了点头。

没过两天，简皓主动约了枳花，说要带她去程教授那里做客。

枳花问："哪个程教授？"

“程远博。”

枳花两眼放光，那是中药系很有名的研导，还是庆市中约研究所的副所长，大四之后，能成为他的门生，一直是她努力的目标。

去程教授那里做客，看似一次普通的出行，但对枳花来说，却是求之不得的机遇。程教授是出了名的严格，如果能趁这次机会跟程教授多打打交道，留个好印象，说不定到时候会对她“网开一面”。

这样想来，简皓也算得上她的福星吧，不，准确地说，是因祸得福。

去拜访的地点是程教授在校区边上的金银花实验基地，大棚里，成排的金银花已经由白变黄，沉甸甸的葳蕤在枝头，散发着淡淡的香气，程教授泡了金银花茶招待简皓和枳花。

程教授亲切地称简皓为“皓儿”。

果然是地头蛇，跟大教授们都称叔叫伯的，让她羡慕得流口水。

程教授看到枳花，问：“皓儿，这位是？”

“我……我朋友。”简皓有点紧张。

程教授笑了笑，自然明白其中的意思，这孩子平时孤僻不合群，男性朋友都没几个，更何况是女性朋友，能让他敞开心扉的，肯定是特别的人。

程教授说：“坐，坐下聊。”

为了给程教授留一个深刻的印象，枳花向着对方礼貌地鞠躬，自我介绍：“我叫江枳花，是中药系大二的学生，程教授，我一直久仰您的大名，我最大的愿望就是以后能成为您的学生。”

“好呀，但我对学生要求是很高的哦！”程教授呵呵地笑了，那笑容让她倍感亲切。

聊了一会儿，才知道简皓来找程教授，为的是上次去到的天元村，那里土质特殊，种植农作物收成不好，希望程教授能带药科院的团队去看看，能否大面积种植金银花。如果能发展为金银花的种植基地，对于当地村民的生活改善，会有很大的帮助。

她心里对简皓升起深深的敬佩，果然他骨子里是温和善良的，让她更加坚定信心，要帮他克服心理障碍，找回真正的自己。

坐了一会儿，程教授被一个学生叫走了，让他俩自便。

枳花起身，迫不及待地在金银花丛里转悠，简皓跟过来：“你好像很高兴？”

她说：“你知道金银花的别名叫什么吗？”

“忍冬。”

在中医上，他有着优越的成绩，但在中药方面，未必赶得上她。她说：“金银花还有个别名叫鸳鸯藤，一蒂二花，两条花蕊探在外，成双成对，形影不离。”

她正得意地说着，抬起头，发现他那双星辰一样明亮的眼睛专注着她，她赶紧低下头，怕对方看到她涨红的脸。

从四十五度角看下去，她的长睫毛如两把扇子，微微颤动着，也像蝴蝶在轻轻抖动它如丝的薄翼。她的头微侧着，可以看到修长白皙的脖子，让他不由得想到天鹅优美的颈线。

看到这里，他突然感到身体里有股火在上蹿下跳，难道这是肝火旺盛，阳气亢盛的表现？

枳花的大眼睛滴溜溜地转，用眼角的余光偷瞄简皓，两人的目光一碰，简皓紧张得舌头打结，顿了好半天，才说：“你最近胃不好吧？”

她一愣，这几天她的确胃不太好，星期六那天晚上，锦歌突发奇想要吃烤羊肉串，硬是拉着她跑了两条街，在夜市上找了一家烤肉串的小摊。吃完后，她就一直感觉胃胀，可能是最近胃酸减少，对于羊肉这样的高蛋白分解缓慢。

“你怎么知道的？”难道他看见自己吃羊肉串了？

“耳朵是宗脉聚集之所，有些疾病看耳朵就能明白。”他平时聊起来吞吞吐吐、犹犹豫豫，但一说到关于中医方面的事，他立即言辞流畅、神采奕奕。

他很细心地解释，耳朵上聚集了十二条经络，耳朵不同的区域与不同的经络相通给予它相应的刺激，就会表现在相对应的脏腑上。

她隐隐有听孔一夫提到过，耳诊是简皓自己研究出来的“独门医术”，连他的导师都自叹不如。

从程教授的实验基地出来，简皓邀请她去家里坐坐：“我可以用针灸帮你疏通经络，增加胃功能。”

见她在犹豫，简皓问：“你信不过我的医术？”

她赶紧摆手，在山村义诊的时候她就见识过他的针灸，力道适中，又稳又准，只是被一个男孩子邀请去家里，难免有些暧昧不明。

简皓懒得再等，主动拉起她的手就往家属区走。

他的手出了很多汗，握着她的手有点湿滑，于是她赶紧把手抽回来，放进裤兜里。尽管知道这是他无意识的行为，但她的心情早就沸腾得难以平息。她有预感，如果再跟他待下去，她会克制不住情感，一颗心都扎在他身上。

简皓的家很大，三室一厅，屋里的陈设简单干净，她环顾四周，只感觉到一个人生活的气息。她问：“你一个人住？”

他点了点头。

她这才想起锦歌说过，他母亲调到市卫生局去了，估计只有周末才会回家吧。

枳花坐到客厅的沙发上，她以为简皓进屋去拿针灸用具，等他出来的时候，手里拿着一个托盘，上面放着三个大橙子、一个玻璃杯，还有一台手工榨汁机。

把托盘放到茶几上，他很认真地把橙子切开，在榨汁机上用力按压，看着黄澄澄的汁水流出来，她的心微微一动。上次见面的时候，她要了杯橙汁，他一直记得，所以才用这个来招待她。

她的鼻子微微发酸，除了言家爸爸妈妈，他应该算是第一个对她“用心”的男孩子了。

当简皓把装满橙汁的玻璃杯放到她手里时，那橙黄犹如太阳一样，把她的心都融化了，她有点舍不得把他介绍给锦歌。

清甜可口的橙汁下肚，简皓已经把针灸的用具摆好，他示意她只顾喝橙汁就好，全身放松，针灸的效果才最好。

简皓的手指在她耳后的穴位上一按，很微弱的痛感，针就扎上去了。

他的手轻轻扶着她的肩头，指尖触到她颈下的皮肤，那熟悉的触感在脑海里浮现，又细又滑，细腻得就像上等的丝绸，明明是冰凉的，但指头却传来灼热感，慢慢地蔓延，整个手臂都在发烫，他赶紧松开手。

枳花疑惑：“你怎么了？”

他强制把思绪拉回到针灸上：“不痛吧？”

“我最相信你的技术。”

他点点头，动作更轻，更温柔了。

针灸之后，胃胀的感觉舒缓了很多，她玩笑着：“我是不是该给你送个锦旗，上面写‘华佗再世，立竿见影’。”

简皓要留她吃晚饭，她说食堂就在前面，去那里方便，不好麻烦他。

他却说：“这两天饮食要清淡，针灸的效果才会更好。”

简皓到厨房里煮粥去了，她就在客厅里转悠，蹑手蹑脚地走到厨房门口，往门缝里一瞥，他系着围腰正要切菜，刀尖碰触砧板，“当当当”地发出整齐悦耳的声音，一看就是个刀工娴熟，经常下厨的人。

跟简皓待得越久，发现他的优点就越多，金子的光芒，怎么都掩盖不了。

担心他会发现自己在偷窥，枳花赶紧站直，转到了客厅旁边的阳台上。阳台非常宽敞，梯形的花架上摆着一些花花绿绿的植物，她仔细看了看，花盆里种的竟然是药材，金银花、石斛、何首乌，其中有一盆翠绿茂密的枝叶中开出粉色的小花。她看了好久，才认出是穿心莲，这种花要成片地种植，花才能成功地授粉结出果实，这么两株长势却非常好，看来他是下了一番工夫的。

这里俨然是一个阳光花房，她在休闲椅上坐下，瞥到桌子上有一本杂志，定睛一看，是一本女性时尚杂志，封面是名模迎香。她拿起来翻了两页，原来这一期是以迎香为模特的春装秀，一个直男的房间里出现女性杂志，只有一种可能，他是迎香的粉丝。

言俊生也是迎香的粉丝，说迎香的丰胸和大长腿，简单就是直男女神。

她感到丧气，看来简皓也是个为外貌折腰的肤浅男人。

简皓煮了藜麦粥，配了两小碟拌菜，看着简单，闻着却很香。

粥细腻得入口即化，藜麦散发着淡淡的香味，枳花忍不住说："谁将来要是嫁给你，肯定很幸福。"

他对着她笑，却让她心里发酸，优秀的男孩子似乎都注定跟她没什么缘分。

想到这里，她胃口都没有了，放下筷子捏了捏自己肉乎乎的脸，脂肪越多，越管不住嘴。

简皓问："怎么不吃了，味道不好？"

"减肥。"

"你现在挺好的。"

她暗忖，他的偶像是迎香那样的瘦削美人，现在的话对她简直就是一种暗讽。

他说："多少也吃一点，刚才针灸会刺激胃液分泌，如果不吃东西，胃里没有东西，反而会增加胃的负担。"

吃过晚饭，临走前，简皓用保温桶装了满满一碗粥让她带回去，明天早上可以吃，食堂早上只有白粥，太清淡，担心不合她胃口。

他提着保温桶一直送她到宿舍楼下，让她不得不接受。

枳花提着保温桶懒懒地走进宿舍，锦歌笑着问："哪个帅哥送的爱心饭？"

她递到锦歌的面前："简皓做的，你要吃吗？"

锦歌噘了一下嘴："又不是给我的，我才不要。"又问，"你说要帮我的事呢？”

“放心，我没有忘。”锦歌跟迎香是一个类型的，高挑瘦削，胸大腿长，连她这个女人都感叹造物主的不公，男孩子又有几个能经得住诱惑呢？

锦歌追问：“什么时候？”

锦歌有些迫不及待，枳花只得拿起手机，给简皓发短信，问他什么时候有空。

收到她发来的短信，简皓刚走到公寓的楼下，没想到才分开不到二十分钟，她就急着约下次见面。简皓心情轻松，快速地回复：“明天下午，图书馆。”

枳花把简皓回复的地址给锦歌看，说：“他那个人很闷的，只能靠你自己了。”

锦歌的眼睛发亮，这种妥妥的潜力股，只要入手就会增值。她拍了拍枳花的肩头：“够姐妹，放心，我肯定把他手到擒来。”

锦歌满满的自信刺激到枳花，很久不来的自卑感朝着她飞奔而来，心里对简皓的爱慕越来越清晰，想到他有可能会成为锦歌的男朋友，就控制不住地难受。

简皓如约去了图书馆，特地坐到两人上次见面的位置上，看看表，早了点，上午在实验室的时候，一心就想着下午的会面，一结束就往这里赶，连午饭都没心思吃，就怕来迟了，让她多等。

趁着时间还早，他从包里拿出笔记本电脑，把上午没有完成的检测报告写完，在写结束语的时候，一只拿着机器猫棒棒糖的手伸到他的面前："你看我可不可爱？"

机器猫圆圆的脸，就跟枳花一样可爱，他高兴地侧头，却对上锦歌那双灵动的眼睛。他记得这个女孩子，就是她把枳花的药材悄悄扔到山坡下面，他去捡上来的。

简皓看她的眼神有点愣，锦歌笑着说："不记得啦，我们一起去的天元村，那天晚上我还跳舞呢！"

他点点头，表示认得她。

锦歌在他旁边坐下，问："你经常泡图书馆的吗，我也经常来，我喜欢坐在二楼的窗台边，那里阳光好，傍晚的时候还可以看夕阳。"

锦歌带着迷人的笑，说了这么多，简皓都没有侧头看她一眼，她有点不高兴："我们也算是朋友了，人家说话的时候，你总得回应一声吧。"

"哦。"他淡淡地应了一声。

果然如传说的一样不爱搭理人，但他跟枳花相处似乎并不那样冷漠，还给枳花带粥，难道他喜欢枳花？

没道理呀，枳花虽然长得很可爱，却不是那种拔尖的美女，男人都是视觉性动物，按理说，自己更有吸引力才对，她又想，或许是跟自己还不是很熟，他性格内向，应该是拘束。

既然是学霸，就把话题往学习上带，锦歌支着头，问：“听说你的专业成绩次次都是系里第一，帮我推荐一下药方吧。我舅舅去年生了一场重感冒，虽然后来治愈了，但经常会手脚发麻，有什么可以调理一下的吗？”

简皓起身，走到书架旁边，从架子上抽了一本《黄帝内经》放到锦歌的面前，又继续保持默不作声。

他拿出手机给枳花发了一条短信，问她为什么没有按时来图书馆。枳花回复：“不好意思，今天劝学社临时有事，我就忘了。”

他回复：“如果不来，请提前通知我一声。”

看到简皓发来的短信，枳花的心有点抖，他发来的字眼明显带着生气，她有点心虚。

看来美貌如锦歌，在他面前也不太好使。

Chapter 06

遗失的那一剂佐方

最近“言正堂”里来了一位“老病人”，这位病人年龄并不大，才二十岁出头，却是“言正堂”的常客。之所以称之为“老”，是因为小伙子没有同龄人的朝气和神采，病恹恹的，这小伙子从小身体就弱，中学开始就有严重的失眠、心悸和高血压。

父母带着他跑了不少医院，并没有查出什么异常来，经人介绍来“言正堂”抓中药，调理身体，药断断续续吃了两年，并没有明显的疗效，这让小伙子的父母愁眉不展，也让言爸爸苦恼不已，怕砸了“言正堂”的招牌。

枳花看在眼里，急在心上，她看了言爸爸开出的几张药方，反复验证，并没有不妥的地方，而且以前也有病人吃过这方子，效果很好。

思来想去，枳花决定去找简皓问问。白薇薇跟她提起过，简皓开出的药方，让很多教授都自叹不如，说不定他能帮忙找到解决的办法。

她已经有一个月没见到简皓了，想起最后一次发短信，他气呼呼的语句，她有点胆怯，怕被对方拒绝。但退缩从来都不是她的风格，她还是硬着头皮敲开了简皓公寓的门。

星期六是他雷打不动在家闭关的时间，开门的时候，他穿着家居服，她挤着笑容，朝对方摆了摆手："早上好！"

他露出诧异的表情，她看得懂，是在问她来做什么？

她双手合十，算是为上次图书馆放他鸽子的事道歉，也表示自己的求教："我遇到一个疑难杂症，想请你帮忙看看。"

他有点生气，自从上次把他扔图书馆之后，她就像人间蒸发了一样，现在又像狗皮膏药黏着他，让他的心一上一下的，有点窝火。

简皓转身进屋，门没有关，暗示着她可以进来。枳花进到屋里，继续道歉："我上个月太忙了，所以就没来找你，真对不起。"

回头又想，不对呀，我为什么非得来围着他转呀！

他的同意在预料之中，因为醉心于医学的天才都喜欢遇到难题，解疑的过程，也是探索享受的过程。

她和病人约了星期一下午两点，领着简皓走进"言正堂"的接待大厅。言俊生第一个蹿出来，对着简皓上下打量，问："枳花，这位就是你说的天才学长？"

她不喜欢言俊生的阴阳怪气，白了他一眼，懒得跟他解释，对着简皓做了一个"请"的手势，带着他走进诊室。

言爸爸见到简皓，就像一个普通的家长见到女儿的同学时，礼貌地寒暄两句，随口问问家里的情况。枳花嘴快，先替简皓回答了，担心他不擅言辞会让言爸爸认为是不礼貌。

言爸爸见女儿对他的家庭情况了如指掌，又这么热情，心里不禁揣测着他和枳花的关系。他是中医系的高才生，两人不同系，又不在同一个学院，他又大枳花这么多届，按常理是不会交集到一块去的，却熟络地叫上门来帮忙，他内敛腼腆，枳花活泼开朗，两人很有可能是恋人关系。

想到这里，言爸爸忍不住多看了简皓两眼，越看越觉得眼前的小伙子眉目俊秀、一股正气，也只有这样的男孩子才配得上优秀的枳花。

这种时候，他又不免为儿子的纨绔感到沮丧，一心想撮合儿子和枳花在一起的念头，也渐渐放下了。

不过在给病人诊治前，他得好好考考这个简皓，看他到底有多少“功底”。

言爸爸问：“小伙子，你师承哪位师父，我跟你们学院不少教授都熟识。”

枳花立即替他回答：“是罗启中教授的得意门生。”

言爸爸笑了，看枳花着急的样子，像担心笨嘴女婿说错话惹父母不高兴似的，心里就更加确定两人的恋爱关系。

言爸爸又问：“你中药主修什么科？”

枳花又赶紧说：“他很有本事的，像肿瘤、水肿、内科，他都很在行。爸，你能不能少问两句，他人比较内向，需要一个适应的过程。”

枳花急得心神不定的样子让言爸爸忍俊不禁，为了让她放松下来，言爸爸也就不问了。枳花素来是个沉着有主意的人，特别在对待病人上，从不大意玩笑，既然是她大力推荐的人，他应该完全信任才是。

言爸爸站起身来：“朋友送了我一点武夷山大红袍，我去拿来泡给你们尝尝。”

看着父亲对简皓眉开眼笑的样子，言俊生有点吃味，心里暗忖，空有一副好皮囊而已，父亲四十年医龄都看不好的病症，一个年轻男孩子又有多大能耐。看着父亲起身到楼上去拿茶叶，言俊生挑衅：“枳花，你别带人来砸了我家的招牌。”

“至少比你强吧！”

言俊生没想到她会当着一个外人的面呛自己，悻悻地走开了。临走他也不忘留下一个鄙夷的眼神，似乎在说，小丫头片子，当心被骗。

简皓是个非常傲气的人，担心言俊生的话会伤到他，她赶紧解释：“我哥的话你别往心里去，他说话比较直，别理他就是。”

简皓笑了笑，悬着的心放松下来。他并不在意言俊生刻薄的语言，他只在乎言爸爸对他的看法，想要得到对方的好感，将来才会支持他和枳花在一起。

刚才言爸爸跟他聊天的时候，没人察觉到他的手心都是汗，神经的紧绷感又在大脑里蔓延，不知道该怎么回答，担心说错一字半句，惹对方不高兴，幸好枳花了解自己，极力帮他解围。

言爸爸的医术好，煮茶的手艺也好，且为了不辜负好茶，他买了一套价格不菲的工夫茶用具，楠木茶桌，景德镇产的青瓷茶杯。如果不是遇到尊贵的客人，他才不舍得拿出来用。

有言爸爸这般的待遇，枳花知道，他已经完全信任简皓了。天才就是招人喜欢，不需要只言片语，就能讨得人的欢心。

言爸爸说饭后喝茶有助于消化，等这盏茶喝完，估计病人也就到了。

简皓让病人伸出手腕，他细长的手指按住对方的腕脉，便开始聚精会神地诊脉。

空气像是凝固了一样，担心会干扰到他诊脉，大家都一声不吭。

一刻钟之后，简皓收回了手，拿起旁边的纸笔，写下了一服《伤寒论》里提到过的酸枣仁汤。

枳花看过这篇处方，只是觉得这酸枣仁汤太过简单，病人的心烦失眠和心悸不安可是顽固得久治不愈，怕疗效不会太突出。

简皓把处方交到病人母亲的手里，老大娘面露尴尬，言爸爸可是老中医了，开方子的时候也会认真地揣度如何搭配草药，这个年轻的小伙子却像是信手拈来，一挥而就，实在难以让人信服。

言爸爸盯着药方沉思了片刻，如梦初醒般拍了一下额头，笑着说："我怎么就没想到这个药方！"

因为病人的症状久治不愈，让他把病理想得太复杂，所以在配药的时候想要处处周到，用"料"太多，反而让药效被综合掉了，这一剂酸枣仁却有着化繁为简的妙处。

言爸爸给了简皓很大的支持，对患者父母说：“你回去试试这个药方，如果没有效，以后你们再来，药费全免。”

言妈妈参加同学聚会去了，回来听店里的员工说枳花带了男朋友回来，于是赶紧向老公求证。

言爸爸带着赞赏的口气说：“那小子看上去不错。”

言妈妈毫不掩饰心里的不痛快：“我可是把枳花当成未来的儿媳在培养。”

言爸爸严重鄙视她这种自私的想法，说：“那也得自家的儿子配得上优秀的枳花才行！”

儿子的缺点言妈妈心知肚明，正因为儿子不醒世，才需要一个能干聪慧的媳妇来好好管教，人都会随着时间成长。

言爸爸笑着说：“我跟你打个赌，这个简皓肯定会是我们未来的女婿。”

一个星期后，病人的母亲兴高采烈地跑来告诉言爸爸，儿子喝了那酸枣仁汤后，病症突然缓和了很多，失眠的症状完全消失了。言爸爸不得不感叹，长江后浪推前浪，真是后生可畏，自己不知不觉就被晚辈拍死在了沙滩上。

为了感谢简皓给自己上了一课，言爸爸托枳花带去一包好茶，上次泡茶给简皓喝的时候，尽管简皓没说什么，但脸上高兴的表情说明他喜欢自己的茶。

去到简皓的家里，他的书桌上、地上摆着摊开的牛皮纸，上面是一堆一堆的中药材，枳花进去之后，不知道该怎么落脚。

简皓问："有什么事吗？"

枳花向他竖起大拇指："你上次那剂酸枣仁汤真是太绝了，病人才吃了一个星期，疗效显著，我爸让我带了茶叶来感谢你。"

她晃了晃手里的茶叶包："别嫌茶叶少，这么小一包得好几千块，我爸见你那天爱喝，就忍痛割爱了。"

言爸爸钟爱的东西，简皓不肯收。

枳花说："他这是英雄惜英雄，你不收，他要生气的。他对亲生儿子都不会这么大方，言俊生偷吃了他用药的柿饼，就被他拿着棍子追了两条巷子。"

不辜负言爸爸的好意，简皓只好收下。

枳花见这些牛皮纸不像是学校用的，质地又薄又粗糙，于是问："你这些药是从哪个赤脚医生那里买来的？"

她的眼力一看一个准。

尽管他们是正式院校经过系统科学培训的医学生，但对民间一些没有行医证书，靠着经验来行医的人是带着敬畏的，他们的很多实践经验，可比书本上的药方更有效。为了保护自家的秘方，和维持赖以生存的医艺，他们是不会轻易透露发挥药效的真正药材，配药的时候，也会搭上一些没有药效的药材，来掩盖治症的良药，不被对方偷师去。

她问：“这些都是治什么的？”

“益气丸。”

简皓听说庆市边界的曲县山村里有个赤脚医生，治疗心气不足、胸闷气短、心慌体倦口碑很好，很多他经手的患者都说吃过三贴之后，效果非常明显，多有治愈的人。他上门想去请教，一方面是嘴笨不会讨人喜欢，二来对方也不愿意透露药方，怕抢了生意，他只得花钱雇人去弄了几服药来，自己研究。但这些药材中，有几味研磨得特别细，根本看不出是哪一种药材。

枳花说：“我来帮你看看，我的狗鼻子可是很灵的。”

他笑了，第一次听人把自己形容成狗的。

枳花用手指把药末摊开，先是用指尖细细感受药末的细腻度，然后放在鼻子前闻了闻，很快就说出：“这里面有石斛、鳖甲、柴胡、白术、陈皮、生姜，另外有几种，味道很熟悉，但一时想不起是什么。”

简皓接过来闻了闻，根据她提供的线索，他的确闻出了那几味药，不得不感叹她对药材的敏感，至于其他的，还得细细地研究，对方将药材磨成了粉，必须要通过化检，才能分辨出药材。

她问：“你是要改进益气丸吗？”

他说：“现代社会，工作压力大，社会负担重，很多人都处于亚健康状态，尤其是心脑血管方面的病人增多，中医的宗旨在于以调为主，防患于未然。”

他父亲就间接死于脑溢血病人的误诊中，所以，他希望通过自己的力量，减少心脑血管病患的数量。

她给他打气：“你会成功的！”

简皓突然把手放在她的手上，轻轻地摩挲，感谢的动作让她心里小鹿乱跳，担心对方看到她绯红发烫的脸，她借口有事，飞快地溜了。

枳花推门进宿舍，锦歌的床边坐了一个男生，见到她走进来，立即起身，笑着点点头表示打招呼。

她在脑袋里搜寻了一圈，才想起这个男生似乎是管理学院的。

锦歌对男生说：“我闺蜜回来了，她会照顾我的，你回去吧。”

男生把红糖姜汤放到桌子上，懦懦地退了出去。

锦歌寒气重，一来例假就痛经，有时候会痛得下不了床。系里的老师给她开过调理的药方，只是用起药来，在饮食上有忌讳，对于爱吃又不会胖的锦歌来说，这比痛经更折磨人。锦歌常说，如果不让她随心所欲地吃，只怕还没等来痛经，自己就被馋死了！

锦歌能允许一个男生跑到宿舍来照顾，枳花试探着问：“你新交的男朋友？”

锦歌申明：“还不是男朋友，只是最近追我追得比较紧而已。”

“你不是喜欢简皓吗？”还拉着她帮助牵线搭桥，不会这么快就移情别恋了吧，辜负她把自己喜欢的人介绍出来。

“那家伙不冷不热的！”锦歌抱怨。

以前枳花也觉得简皓是个冷得不近人情的人，但慢慢接触下来，她改观很多，他只是不爱说话，却心思细腻，善良又有人情味。

“那你还喜欢他吗？”问这话的时候，她带了一点私心。

锦歌耸耸肩，一脸无所谓地说：“天涯何处无芳草，我像是在一棵树上吊死的人吗！”

她淡淡地“哦”了一声，心里有种莫名的轻松，不过回头又想，像锦歌这样身材窈窕，又能说会道的大美女他都不喜欢，自己这样的矮椰树，恐怕更入不了他的眼，心里又升起一股自卑的失落感。

这段时间，枳花感觉自己花痴得有点神经质了。

简皓开始频繁出现在她的梦境里，他总是站在离她不远的地方，穿着干净的白衬衫。尽管隔得远，她还是能闻到那淡淡清透的杜仲味儿，他扬起嘴角，对着她微笑。

她只能远远地站着，不敢靠近。

她从来不是个纠结的人，但在梦里，却特别懦弱，畏首畏尾。

第二天早上，她会带着这种自卑和遗憾醒过来。锦歌察觉到她的不对劲，问：“你怎么了，提前进入更年期了？”

比更年期更糟糕，更年期知道病因，可以下药，再保持心情舒畅，很容易药到病除，她的心烦气躁知道来路，却买不到药。

去食堂的路上，枳花不知不觉就走过了，简皓住的公寓和她住的宿舍刚好是反方向的，心里装着那个人，即使见不到，也会魂不守舍地渴望离他近一点，等她回过神来，又无奈地往回走。

有两次，她真的遇到简皓了。在前方的巷子口，尽管有一段距离，但他高高的个头，鹤立鸡群，想看不清都难。她没有勇气打招呼，而是躲到旁边的林子里，看着他从前面走过，直到背影消失不见，才慢慢地走出来。

作为普通朋友，偶尔看一看也好，总比表白后被拒绝，永不相见为好。

没过多久，硕导程教授招暑期义工的告示出现在布告栏里，冲淡了枳花快要走火入魔的爱慕，很多考研的学生都盯着这块“肥肉”。她得发起冲刺，只是上次匆匆一见，不知道对方是否还记得她这朵小枳花。

庆市中药研究所是西南最大的中药材研究所，也是中国最早的中药材研究所，里面人才济济，出过不少国宝大师，能成为其中一员，不仅是对自己学业的一种肯定，而且只有与高手过招，才能不断提升自己的能力。

能成为程教授的学生，得到他的青睐，或许就能成为进入研究所的跳板。报名的有几百人，但义工只有三个名额，为公平起见，一个月后进行考试，以考试成绩来进行遴选。

程教授人非常和蔼可亲，但在学术方面却是出了名的严苛。担心试卷会超出自己的知识面，枳花不得不化相思为看书的动力，好在大二上学期的课程已经进入尾声，她可以全力以赴，每天在图书馆一泡就是十六个小时。

一向对暑期义工不感兴趣的锦歌也开始恶补程教授发表过的论文和书籍。锦歌告诉枳花，她托人打听过，这次招聘的义工主要是去帮忙给采收金银花的样品做鉴定。最近程教授带领团队在天元村进行山村扶贫攻坚，一边教当地的居民种植金银花致富，另一方面正在培育新型的花种，达到更为理想的药效。

锦歌说："程教授这人太直，总是强调对症下药，我们朝这个方面预习，准没有错。"

只要是锦歌感兴趣的东西，没有打听不来的。

她好奇："锦歌，上次回来还听你抱怨过，再不去那鬼地方了，这次为什么兴趣这么浓？"

锦歌耸耸肩："我现在也不喜欢那地方，关键是我读研的时候，想跟程教授，现在不挣表现，怎么能引起他的注意？"

锦歌的第一志愿是京川工学院，未来当一名金融界女强人，用她自己的话来形容，因为老天爷妒忌她的完美，故意跟她开玩笑，明明考试的时候各方面都在状态上，成绩出来的时候，心却凉了半截，不得不来到第二志愿庆市中医大中药系。

锦歌当时对自己的成绩自信满满，所以第二志愿是随手填上去的，她当时的目光就那么恰巧，不偏不倚地看到"中药系"三个字，她就钩上了。

锦歌生性乐观，觉得既来之则安之，就算学中药，也挡不住自己要当商业女强人的梦想。公众号不过是她试水的项目，竟然风声水起，她玩笑着：“我这次报考义工，也可以间接证明一下自己的才貌双全。”

面对锦歌的自恋，枳花却是一种赞赏的态度，毕竟有底气。

在备战的最后关头，枳花感冒了，肉肉的她一向自诩“膘肥体壮”，病菌见了都觉得肉太厚，懒得钻而弃她而去。而且只有白痴才会在大热天感冒，她归根结底，可能是图书馆的空调的凉风不偏不倚达到了她身体的侵入点，备受荼毒。

她这才体会到什么叫病来如山倒，头重脚轻，满脸憔悴，鼻涕直流。

面对生活中的小感冒，作为中医大的学生，都是自给自足，两服药下去，感冒断断续续，症状虽然减轻了，却没有痊愈的迹象。

孔一夫打电话给她，说学生会准备在暑期筹备一场夏令营活动，让她快去出谋划策。

病恹恹的枳花出现在学生会办公室时，孔一夫皱起眉头：“铁打的花花这是怎么了？”

“顽固性感冒。”

孔一夫向来体恤下属，关切地说：“你早该来找我了。”

很快，枳花就被孔一夫拽进了简皓家。

她现在面容憔悴，流着鼻涕，鼻子红红的，这样的丑样羞于见他，赶紧把头埋得很低，说："会长，我还是回去吃药好了，我买了不少药，不吃会浪费的。"

"你是准备打我们医学系高才生的脸吗？病人都站在面前了，哪有放过的道理。"

她毫不怀疑简皓的医术，只是无法面对他那么明亮清澈的眼睛。

她被孔一夫按着在椅子上坐下，说："快，有什么不舒服，一一道来。"

简皓问："你感冒了？"

她这么红的脸，一看就知道是感冒了。

他伸出手，示意她把手腕露出来，方便他诊脉。

孔一夫在旁边催促："我的好花花，大家都这么熟了，害什么羞嘛！"

她涨红了脸，把手递了过去。

感受着他指间散发出的熟悉温度，她担心自己的脉搏会加快跳动，扰乱他推断出正确的病因。

孔一夫最怕安静，不敢打扰简皓诊脉，就跟枳花有一搭没一搭地聊起来："你是不是报名参加了程教授的义工考试？"

她点点头。

"考试不就是后天吗？"孔一夫看向简皓，"你发挥真正水平的时候到了，赶紧把她给治好，让她轻轻松松地去迎接考试。”

中药的疗效会比较慢，针灸的效果相对快一些，简皓知道她最怕痛，决定用艾灸。

靠墙放着一张推床，简皓让她躺到上面去。

艾灸的穴位主要集中在腹部，他红着脸说：“麻烦你把腹部露出来。”

他的声音很小，但枳花还是听清了，想到自己看不到腰线的肚子，她就羞于在暗恋的对象面前露丑，迟迟不动手。

孔一夫觉得两个人磨叽，但爱人之间，不就是越磨叽越缠绵，越作越有乐趣，都说当局者迷，旁观者清，从两个人的眼睛看出些味道，他说：“我忘了还有重要的事要办，你们慢慢治。简皓，你一定要把花花的感冒治好。如果她考不上义工，你的责任重大哦！”

孔一夫一溜烟就不见了。

枳花发现不仅自己的脉搏跳动起伏，连心都快从胸口蹦出来了，连同说话都结巴起来：“扎脸，行不行？”

她知道脸上也有穴位应对感冒，反正脸天天露在外面，也不怕被人看了。

枳花用手护着肚子的动作，在简皓看来，却是娇羞可爱，现在是一个开放的年代，女孩子很多都大大咧咧的，学校里不乏穿着时尚大胆的女学生，露脐装，跟大腿根部齐平的小短裙，经常穿着棉制花衫衣、百褶长裙的枳花却让他感受到中国式的温婉可人，让他不禁想起以前在父亲书房里挂着的古代仕女图，长裙摇曳，体态丰盈，却又不失典雅可爱。

她不愿意把腹部露出来，他也不强求，只是说："面部的话，会有点疼。"

面部的穴位只能用针灸。

疼就疼，总比让他看到自己肚子上的肥肉要好！

为了缓解她的紧张感，他用手指轻轻地在印堂、太阳穴、迎香穴和风池穴上轻轻地按摩。

手法娴熟，力道适中，舒服得她差点哼出声来。

针扎下来的时候依旧有痛感，只是伴随着他轻柔的按摩，痛感只有那么一瞬，很快就消失了，鼻塞和头痛也随着经络的疏通缓解下来。

枳花调好闹钟，第二天要去拿考试时间和座位号，一睁开眼睛，锦歌就拿了一张条子在她眼前晃来晃去，笑着说："一睁开眼就收到爱的信息，惊不惊喜！"

她揉了揉惺忪睡眼："你在说什么呢？"

锦歌说："我刚才去买早餐的时候在楼下遇到简皓了，他让我转交给你的。"

枳花接过来一看，竟然是明天考试的时间和座位号。

锦歌双手抱臂，像审犯人一样看着她："说，你们什么时候暗度陈仓的？”

“没有那回事，昨天我让他给我扎针治感冒了，顺便让他帮我拿一下。”她把头垂得很低，怕被锦歌那双能看穿心思的眼睛发现端倪。对于简皓送来的考号单，她的心里甜得跟灌了蜜一样，整个人都精神了。

吃过早饭，锦歌就对着镜子又涂又抹，枳花问：“明天就考试了，你还出去玩？”

锦歌拿出睫毛刷，把原本就卷翘修长的睫毛拉得更加细密：“就是因为要考试，才要去放松心情！”

第二天是星期六，其他舍友回家的回家，约会的约会，只剩下枳花一个人在宿舍了。言妈妈打了电话让她回家喝汤，但想到第二天的考试，为了有饱满的精神，她在宿舍躺了一天，养足精神。

当枳花按照考号单的时间准时到达考场时，才发现考试已经进行了半个小时，她因为迟到，错过了这场考试。

她怒气冲冲地敲开简皓公寓的门，面对她那双快要喷火的眼睛，简皓感觉疑惑，她将印着考号的单子朝他扔了过去，说：“背后恶作剧很好玩吗？你知道错过考试对我意味着什么吗？我看在你身不由已的份上，原谅你最后一次，记住，最后一次！”

Chapter 07 因祸得福

锦歌如愿考上了程教授的义工，玩笑地问枳花为什么关键时候掉链子，锦歌还满心期待着两个人能一起在山里看满山遍野的金银花呢。

假期，枳花就在“言正堂”里帮忙，天气一天比一天炎热，坐在空调房里非常凉爽，但言妈妈还是担心她热，特地做了凉茶给她喝。

言俊生从旁边蹿出来，问：“那个帅哥呢，不去约会吗？”

她狠狠地瞪了对方一眼，我跟谁约会，关你什么事！

小时候，言俊生对她是非常照顾的，就像一个大哥哥对可爱小妹妹的无私之爱，但不知道从什么时候开始，言俊生就喜欢跟她抬杠，明里暗里地跟她较劲。

说到底，还是因为言爸爸和言妈妈对她的宠爱超过了他这个亲生儿子。从小学开始，枳花的成绩就名列前茅，处处成为言俊生被比较的对象，大学填志愿的时候，枳花的第一志愿是想去念法律，将来当一个干练的律政俏佳人。

但大学离家很远，言爸爸和言妈妈舍不得她单身在外，虽然没有对她明说，但举手投足间的舍不得让她心软了。而且她知道，言爸爸和言妈妈的期望是她能够留在言家，帮忙打理店里的生意。

想到言家爸爸和妈妈对她的付出，自己的志向算得了什么，于是她如言妈妈所愿留在庆市，进入中药系。

言爸爸和言妈妈对于她的付出心知肚明，对她更是格外疼爱，言俊生的嫉妒也跟着水涨船高，就想着什么时候能高她一头，在父母面前找回点面子。

孔一夫到店里来找她，说去年暑假，中药学院的几个研究生去庆市边界灵峰山寻找药材，无意间发现了一棵古崖柏，把采集的标本寄送了国家植物研究所。经过专家鉴定，确认那是世界上最珍贵稀有的裸子植物古崖柏。

古崖柏最后的记载已经是三十年前的事了，很多人都认为这种古植物已经绝迹，如果能在灵峰山找到更多的古崖柏，就能补上国内珍贵植物的一页，而且古崖柏还是珍贵的药材。

植物专家按耐不住对古崖柏的渴求，亲自到庆市中医大来，动员几个研究生陪他去一趟灵峰山，探寻古崖柏的存在。

能跟植物学家一起去山里寻找和考证珍贵的药材是很多学生求之不得的机会。为了保证出行的安全，系里就组了一个队，孔一夫的一个好哥们儿任队长，想到勤奋好学的枳花，就给她求了一个外出实践的机会。

枳花有空的时候，也会约上几个同学去山里或是药材市场逛逛，将书本上的知识一一实践。跟着考察队去野外探寻新鲜的草本植物还是头一次，没有当义工的失落感瞬间消失了，她甚至觉得是老天爷的安排，故意让她落考，就是为了等考察队一起出行。

言爸爸走过来说：“想去就去吧，要当一个优秀的中药师，就要有强烈的求知欲，探索得越多，学到的东西就越多。”

报到的那天，枳花看到了简皓，他背着大大的行李包站在树荫下，瞥了她一眼，侧过头，不再看她。

她想到他的恶作剧让自己错过了程教授的义工，心里就憋屈，他竟然还装做没事人一样。想到孔学长给她争取考察队的位置，也是想弥补他的过错，领着学长的人情，她就懒得跟他计较，跟着考察队的这半个月，尽量离他远一点，就当是陌生人。

考察队里女孩子不多，个个干练，背着重重的旅行包，健步如飞，一点都不输男孩子。但对于第一次跟考察队探险的枳花来说，却不轻松，机会难得，为了让背包轻一点，除了睡袋，她只带着两套换洗的衣服，压缩饼干轻巧不占地方，又能填饱肚子。

知道要坐十几个小时的车，有前车之鉴，枳花准备了话梅和姜片。

山路狭窄陡峭，道路上的碎石让大客车行驶起来摇摇晃晃，崎岖的弯道处，车里的人也跟着惯性左甩右晃，很多不晕车的人都感觉五脏六腑都要颠出来了。

简皓坐在车子靠前的位置，回过头，个子小小的枳花抱着跟她身体差不多大的旅行包蜷缩在最后排的位置，紧皱着眉头，让人看了就心疼。

车子前排的摇晃度稍小一些，他想上去跟她换换位置，但看到她对自己冷淡又特地回避的态度，他不知道要用什么言语去缓和。

仔细看过她扔过来的考号单，那不是他托锦歌交给她的那张，中间出了什么差错，仔细想来，再联想到锦歌的一些行为，很有可能是锦歌故意改写了时间。要怎么解释，才能化解误会，他最不擅长的就是这个，他从来没有这么强烈厌恶过自己的嘴笨。

灵峰山政府知道这次考察如果成功找到古崖柏，对于偏僻贫穷的灵峰山会是一个很好的发展契机，所以特地派了一个熟悉当地地形的向导，带领考察队徒步穿越灵峰山。

灵峰山比上次去的小山村还要人烟稀少，上山根本就没有路，枳花脚下的路都是前面身强力壮的男学长踩出来的。

四个多小时的山路，连一个村庄都没有见到，但沿路发现的一些药材，让很多人兴奋不已。一个学长采到一株品相不错的灵芝，小心翼翼地用袋子装起来，像宝贝似的放进包里。

天快黑的时候，向导带着队伍来到一片空旷的草地上，说晚上就在这里露营扎寨，养好精神，明天才有力气翻山。

年轻就是有激情，疲惫敌不过豪情万丈，来之前的动援大会上，大家分工明确，有条不紊，天黑尽的时候，空地上燃起了篝火，锅里飘出番茄鸡蛋面的香味儿，有学长把饼干和面包拿出来和大家一起分享。

枳花很累，这次出行跟平时出去义诊不一样，义诊都是有目的地的，而现在却是漫无目的地寻找，一走就是一天。枳花胡乱塞了一碗面，就钻进睡袋里，沉沉地睡着了。

睡得迷迷糊糊时，她听到周围有细碎的聊天声，长住宿舍，她早就习惯了听着别人聊天入眠，没有任何影响。可当大家把旅途的快乐都聊完，入睡之后，她却醒了，肚子还开始咕咕地开唱空城计。

她懒懒地从睡袋里爬出来，四下环顾。不远处有小簇火苗亮着，她披了一件薄外套轻步靠过去，几个读研究生的学长正在兴致勃勃地聊着今天路上采到的新鲜药材。

都在义诊队里待过，大家跟枳花也算熟识，欢迎她加入。

一个学长把背包里的衣服都给扔了，像装宝贝似的塞满了草药，然后小心翼翼地拿出一束像铃兰花一样的植物，问枳花："你知道这是什么吗？"

火光中，像喇叭一样的花朵整齐排列在枝干上，她笑着说："这是伏生紫堇，也叫夏天无，这种植物四月开花，一到夏天就了无踪迹，现在是 7 月，你竟然还能找到，真是稀罕！"

学长说："我得回去好好再研究一下这种药材的属性。"

学长将花束收回包里，回过头问："简皓，我今天看到你采到一株石蝴蝶，拿出来让大家看看，我还真没见过那种颜色的石蝴蝶。"

石蝴蝶是制作活血丹最好的药材，枳花也好奇起来，目光不由自主地看向简皓。尽管急切，但她不想跟对方说话，只能按捺住好奇心，假装不在意。

简皓拿过自己的背包，取出一个透明的密封瓶，里面几片圆形叶片簇拥下开出两朵紫蓝色的小花，花瓣像蝴蝶的翅膀，舒展欲飞。

学长接过来，在手电筒的光下仔细观察，枳花也忍不住靠过去，这株植物很像石蝴蝶。

石蝴蝶是一种苦苣苔科植物，庆市本地还没有发现过此类药材，枳花记得言爸爸都是亲自去云南地区收购石蝴蝶药材，她也跟着去见识过好几次。只是她见过的石蝴蝶品种，却没有一株像简皓采来的这株呈紫蓝色，所以她才觉得像石蝴蝶。

学长的眼睛跟她一样，发出疑问的光，也有可能是因为手电筒光线的原因产生了色变，等到天亮后，再仔细看看。

学长把密封瓶还给简皓，伸了一个懒腰，睡意袭来，再不休息，明天就没有力气翻山了。

学长拎着包往帐篷的方向走了，枳花这才想起自己起来是为了找东西填肚子，背包里还有压缩饼干，得找点水来泡。她刚起身，手腕就被人握住，回过头，竟然是简皓，那双明亮的眸子在火光的映衬下，看得她心发慌。

她想把手抽回来，他却握得更紧了。

枳花皱起眉头，小声问："你想干什么？"

简皓拉着她走到自己的行李包前，他松开她的手，蹲下身，在行李包里找出一包方便面塞到她手里。

吃晚饭的时候就看到她一脸疲惫，心不在焉，胡乱吃了几口就往帐篷跑，猜测这一天的山路肯定把她累坏了，没有好好吃东西，这个时候肚子肯定饿得难受。

在荒山野岭，一包方便面的诱惑力绝对超过她对他的嫌隙，跟谁过不去，都不能跟胃过不去。人是铁，饭是钢，一顿不吃饿得慌。她赶紧接过方便面，说：“谢谢。”

她正想着是干吃还是找水来煮，简皓往他所住的帐篷指了指，示意他要去拿东西，让她等着。

很快，他拿了一个水壶过来，里面的水还是刚才同学烧好之后，他特地装下的，估摸着她晚点会饿，用来泡面。

他听孔一夫说过，她只是跟着义诊队出去过几次。出行前，学校都会对义诊的村落进行勘查，为了确保大家的安全，条件都比较完善，跟着考察队出来，还是头一次，对于路途中遇到的突发情况，几乎没什么准备。

枳花正手足无措的时候，简皓就已经拿过她手里的泡面，撕开包装袋，放进白铁饭盒里，倒入水，用盖子封起来。

他动作熟练，面面俱到，她在旁边坐下来，红着脸：“谢谢啦！”

她想，他的体贴是不是在为上次的恶作剧道歉？

其实在得知能参加考察队的时候，她的气就消了，甚至感觉因祸得福，她说：“上次的事，我原谅你了。”

枳花不知道是不是眼花，闪闪烁烁的火光中，他的脸上有了笑容。

把饭盒的盖子盖好，他随即又从背包里拿出一把绿叶子植物，从叶子的形状可以看出是鱼腥草。这个不仅是治感冒的良药，还是可口的凉拌小菜，大夏天里，再没有胃口，如果有一碟辣子油拌鱼腥草，她能吃下两大碗饭。

把鱼腥草用水冲洗之后，放进泡面饭盒里，一焖，打开的时候，飘出来一股独特的香味，搅得她的胃更加饥饿难耐。

她第一次吃加热后的鱼腥草，口感细滑，带着微微的酸味，配着方便面的咸辣，吃起来非常爽口。等她快吃完的时候，才发现简皓一直坐在旁边，想到自己难看的吃相被对方尽收眼底。她不好意思地抬起头，对上他那双明亮的眼睛，然后拿过纸巾，假装优雅地把嘴角的油擦干净，再次表示感谢。

简皓站起身，对着她微微点一点头，表示晚安，然后转身回男生帐篷去了。

枳花摸了摸肚子，这碗泡面简直就是雪中送炭，吃饱喝足赶紧睡觉，出发的时间是早上八点，跟军令似的不等人，她也赶紧回帐篷睡觉去了。

枳花没想到山里信号还这么好，天不亮，她就被锦歌打来的电话给吵醒了，接起来，就听到对方抱怨着：“这是什么鬼地方呀，偏僻得连冰水都买不到，天天顶着太阳在试验田里给金银花施肥，给的那点义工补贴还不够我买防晒霜用。”

当程教授的义工可不是为了那点义工费，瞌睡虫还没从她脑袋里爬出来，安慰了两句就挂断了电话。大概是担心自己会懒怠，她重新躺下后就睡不着了，悄悄换好衣服从帐篷里出来，附近有条小河，昨天晚上的用水全是从那里取来。

拿了牙刷和毛巾来到小河边，山里的水冰凉刺骨，洗一把脸，整个人就清醒了，忍不住打了个寒噤。想到电视上的广告，源头活水有点甜，刷牙的时候，舌尖微甜的感觉，让人不禁觉得大自然美妙的馈赠。

她听到大树后面有哗哗的水声，看来有人比她起得还早，她轻步走到树后，悄悄往前面一看，尽管只是背影，一瞥那身高就知道是简皓。

他只穿了一条短裤，用盆子装着山泉水，浇头而下。

想起上次出去义诊时，他在井边洗澡的情景，那身结实的肌肉立即跳进她脑海里，顿时热血沸腾。

她赶紧回到刚才洗漱的水边，红着脸，嘀咕着，明明知道女孩子对他的身材没有抵抗力，还故意光着身子在那里洗澡，完全是要引人“犯罪”！

早饭是小米粥，知道今天要走一天的山路，午饭还不知道什么时候吃，所以大家都吃得特别多。枳花不喜欢喝小米粥，却还是硬着头皮喝了两碗。

上午四个小时才走到半山腰，有女同学体力不支，提出退出。考察队早有准备，在征得大家的同意后，一共有三个同学退出，由另一个向导带着回到出发地的镇上，再转车回庆市。

队里一共才四个女同学，一下就走了两个，队长给枳花和另外一个女同学做工作，毕竟后面的山路不好走，环境也比较恶劣，女孩子到底是柔弱一点，生活上也比男孩子要细致，担心后面会不适应，劝说她们也跟着回去。这并不是退缩，而是安全大于一切。

枳花不是个轻易言败的人，而且这次能跟着植物学家一起出行，机会难得，她表示会坚持到最后，而且来之前签过协议书，后果自负，绝不会拖累其他队员。

简皓不知道什么时候站在了她的身后，对着队长保证："我会照顾她的！"

她的态度坚绝，又有护花使者，队长也不再坚持，只是提醒，如果出现身体不适的情况，不能逞能。

队长离开后，她侧头对简皓说："再次谢谢你。"

枳花纳闷，她似乎欠了他很多"谢谢"。

她心里产生了一种很微妙的感觉，不知不觉中，这个男孩子一点点地渗透进她的生活，无处不在，他会在自己最需要帮助的时候冒出来，甚至渐渐成了她的依靠。

返程队离开了，简皓向她招了招手，示意队伍要继续前进了。

午饭后下起了小雨，大家没有因此停下来。出行前就提醒过大家带雨衣，枳花还特地去买了一件带帽子的，“全套武装”在下雨天也能健步如飞。

山里的路多是走出来的，雨越下越大，脚下的路也越来越泥泞。上坡的时候，枳花脚下打滑，走两步滑三步，落到队伍的最后面，想起买雨靴时，店主一个劲地跟她说，这鞋下的塑料钉防滑，当成钉靴用都没问题，果然是无奸不商，让她糗大了！

她硬着头皮往前攀了两步，果不其然，身体往后倾倒的同时又往下滑，以为自己又要回到原点，身后有人提了一下她的包，那力道似乎将她整个人都托了起来，两脚微微离地。

被身后的力道一带，她才爬上山坡，回过头，又是简皓，跟他一比，自己简直成了生活白痴，处处需要他的呵护，鄙视自己无能的同时，心里暖暖的，似乎很喜欢这种感觉。

“我……”他指了指她背上的包，要帮忙拿。

自己能做的事她从来不会麻烦别人，而且简皓背上已经有一个大包了，一只手里还提着植物教授的工具箱，没想到空着的那只手竟然有这么大的力气，她的体重加上包至少也有一百五十斤，想象他单手举哑铃的样子一定帅到爆！

她摇了摇头，把这些情色幻想都赶出脑海，然后说：“不用，我自己能背。”

他做事每每出人意料，不喜欢解释，只是拉住她背包上的带子，轻轻一拽，包就被他拿过去了。他快步往前面走了，她赶紧追上去，没有背上的负重，瞬间轻松了很多。

傍晚的时候，大家赶到一个小村落。雨过天晴，彩虹出现在村子的上空。这个远离城镇的世外桃源还保留着原生态的木屋，只有十几户人家，他们祖祖辈辈都在这深山里，平和而宁静。村子里的年轻人很少，留守老人居多，队长找到村长，希望在村里留宿一夜，向村民们买一些吃食。

这是几天来枳花吃得最好的一顿，方便面里的牛肉粒小得可怜，学长炒的回锅肉里，至少肉是成块的。村民都不富裕，大部分还在温饱线以下，这块肉还是村长家送来的，大家都很珍惜，人多肉少，几位年长的学长不吃，让给了小学弟和小学妹。

听说他们在寻找古崖柏，村长说：“我们这里有。”

这个消息让大家很是振奋，吃过饭，天已经黑下来，村里没有路灯，四周杂草丛生，村长答应明天天亮后就带大家去。

与世隔绝的村落往往是寻觅良方的好地方，简皓小时候也会跟着父亲四处寻方问药，一个优秀的中医，在不断验证古方的同时，也要大胆地创新改良。

这个小村落的居民想去大医院看病困难重重，于是简皓向村长问询：“我是中医系的学生，你们这里有没有……”

村长瞪大了眼睛，这个高大帅气的小伙子说起话来有点急人。

“他是想问，这村里要是有人生病了，他们会去哪里看病？”枳花走过来，帮他问道。

“我们村里有个大夫，村民的病都靠着他们一家三代人呢！”村长指了指不远处一棵茂密大树旁边的木屋说。

村里是通了电的，但村民们还保留着用油灯和蜡烛照明的习惯，夜幕漆黑，没有路灯，外面伸手不见五指，大家都只能待在屋子里。

家家户户没有自来水，用水只能去不远处的河里挑，枳花的力气小，为了图方便，她拿上毛巾和牙刷，直接到河边去洗。

队长见她出了院子，赶紧冲着屋里喊：“简皓，枳花要去河边，你陪她一起去吧！”

队里的男同学对女同学都非常照顾，夜黑风高，听说村里时常会蹿出野猪，这个时候最需要护花使者。简皓对枳花的照顾，大家都看在眼里，也心知肚明简皓的心思，但都不说破，暗地里帮他们制造机会。

队长的声音刚落，简皓就拿着手电筒从房间里出来，枳花也不拒绝，因为这不是逞能的时候，她处事作风像女汉子，但也保留着女孩子的胆怯和柔弱，她怕遇到应付不来的虫子和野兽。

快到河边的时候，一个学长正好上来，笑着打趣简皓：“把枳花看紧点，当心她被河水冲走。”

进村的时候有从河边的桥上经过，河面不宽，河水清且浅，缓缓地流着，根本不可能把一个人冲走。知道是调侃的玩笑，枳花挤着笑容尴尬地接受。她不是笨蛋，知道大家的用意，只是她有自知之明，“高富帅”的简皓怎么可能喜欢她这种长相普通的小胖妞，内心善良的他只是乐于助人罢了。

来到河边，她红着脸说：“你可不可以转过去？”

天气炎热，雨衣密不透风，走出一身热汗，在没有条件洗热水澡的情况下，用河水擦擦也好。枳花也算是“娇生惯养”的小花，湿湿黏黏的汗沾在身上会让她难以入眠。

简皓转过身，将双手背到身后，握着手电筒给她照明。

过了一会儿，听到枳花“哎哟”了一声，他有点心急：“怎么了？”

“没……没什么！”她反而结巴起来。

一向准时的例假毫无征兆地提前了，不知道是不是这几天翻山越岭给累出来的，她羞于启齿，又有点手足无措。她天生体寒，如果例假期间碰了冷水会引发痛经，但是荒村陋室，很多村民连热水器是什么都没有见过，要洗热水澡只能用柴火来烧。大家累了一天，煮晚餐都累得够呛，要洗热水澡简直就是一种奢望。

想到这里，枳花一脸沮丧。

担心肚子会痛，她只能不洗了。

正要上岸，浸在河水里的脚背被不知名的物体轻轻滑过，感觉像一种又长又滑的物种，脑海里一个念头一闪，她尖叫起来：“蛇！蛇！”

听到她的尖叫声，简皓刚转过身，她就像一只身手敏捷的猴子蹿到他怀里，把他当成一棵大树，附在他身上。

这是不是就叫被逼急了，母猪都会上树？

其实她也不敢确定那是不是蛇。

她把自己当成电线杆抱着，担心她会滑下去摔着，他下意识地想搂住她的腰，一不小心摸到她的屁股。担心对方会把他当色狼，他赶紧松开手，手上却沾到湿湿黏黏的液体，仔细一看，是血。

枳花庆幸这是晚上，他看不见自己窘迫的脸，于是赶紧拿出纸巾，擦掉他指头上的例假血。她又从口袋里掏出一颗糖塞到他手里，算是补偿。

她喜欢吃甜食，尤其是遇到心情烦闷的时候，糖是最好的调节剂，收拾行李的时候，在里面塞了一大包糖。

为了缓解尴尬，她催促他：“我们赶紧回去吧！”

庆幸队里的另一个女生带了卫生巾备用，否则她真的要糗到挖地洞，只能带着湿汗躺下去，总比第二天痛经让她“死去活来”的好。

湿湿黏黏的汗让她一点睡意都没有，手机短信铃声响起，她拿过手机一看，是简皓发过来的，说烧好了热水，就在院子外面的竹林里。

想到热腾腾的洗澡水，腹部就升起一阵暖意，她迅速走到竹林里，简皓在那里用石头架了一个小灶，把队里烧水用的铝盆支在上面，热水散发着白汽，旁边的水桶里还有没有烧的山泉水。

她笑了："这么麻烦你，多不好意思。"

她嘴上客气着，心里却恨不得马上扑进热腾腾的水里。

她喜欢洗热水澡，五十度的水温，洗得皮肤发红，却全身舒服，言俊生常常嘲笑她在烫死猪。

她赶紧回屋里拿出自己的洗脸盆，躲到一大株竹子后面洗，与一个血气方刚的大男生一竹之隔，又羞又臊，又难为情。

热水贴在皮肤上，身体一下就暖和起来，腹部也升起一股暖意，舒服了很多。

她一边洗，简皓一边继续烧热水，要多少供应多少，他把烧开的热水兑上冷水，用手试试水温，温度适宜，再端到竹林前，然后转过身去。

这热水不仅温暖着她的身体，也温暖了她的心。

例假一来，全身都犯懒，枳花还是起了个早，跟着大家一起去找古崖柏。在村长的带领下，大家来到一处悬崖绝壁，往上一看，崖壁上屹立着几棵茂密的柏树，胆大的学长借助攀崖的工具到崖壁上取了柏树的叶子和枝丫。经过植物学家的仔细判断，这只是普通的柏树，并不是他们要找的那一类。

原来这里的村民把长在悬崖上的柏树都称为崖柏。

大家失望而归。

几个中医系的学长去拜访村医，简皓也在其中，枳花好奇，也跟着一起去了。村里有两个医生，父子两人，父亲已经七十岁了，儿子五十岁，为了村民的健康，儿子放弃了外出打工的机会，以至于五十岁了还单身，父子俩相依为命。

父子俩都没有上过正规的医学院，那点草药医术都是祖上传下来的，只能用自己有限的能力来帮助村民。

听说是医学院的学生，父子俩也很乐意与大家交流，也算是一种学习了。

枳花是学药的，对于中医的一些药方，一知半解，听得似懂非懂，就到旁边的地里转悠。为了方便制药，父亲俩在屋子旁边开垦了几块地，种的都是一些常用的药材。她蹲下身来看了看，认出是苦菜，这种药材益肝，也可以用来治肿瘤。

另一块地里种的是白及，大概是因为这里的土壤肥沃，白及的花大朵艳丽。

身后传来细碎的脚步声，她转过头，简皓正朝着她走过来，吃了他的方便面，洗了他烧的热水澡，对他的那点气早就烟消云散了，更多的是感谢，甚至还有点依赖。

他走过来，和她并肩而立，问：“感觉怎么样？”

她反手拍了拍背上的背包："收获蛮多的，你昨天采到的那株像石蝴蝶的药材，昨天我也在路边找到一株。"

她用密封袋装着药材，原本就小朵的花瓣在缺乏水分之后变得无精打采。

简皓是个很优秀的人，为了不显得弱鸡，她也开始卖弄起知识来："石蝴蝶是苦苣苔科草本植物，我国就有四百多个品种。我们家药店里的石蝴蝶都是老爸去云南省收购回来的，在庆市还没有找到过此类的药材，所以我才不能肯定这是否是石蝴蝶，它的花蓝中带紫，我还从来没见过这种颜色的石蝴蝶花。我想把它带回去，送到药研所去确认一下，只是这株药材的根没能拔出来，有点可惜。"

他笑了，表示赞同她的说法。

大家要在这村里休整两天，村长的热情招待让大家想着要回报一下，于是为村民们进行免费的义诊。当听说村里有户村民家有个壮年的儿子，整天精神萎靡，手脚无力，两口子还不远千里带儿子去城里看病，药吃了不少，却一点功效都没有。

简皓举了手，他对于疑难杂症，有种天生喜欢挑战的激情。

枳花主动提出陪他一起过去，两人又恢复了之前搭档的默契。

Chapter 08
爱情像暴雨已至

听说是大城市里来的专家，村民很热情地接待枳花和简皓。木屋子里家具简陋，却整理得非常干净，凹凸坑洼的地面上连灰尘都没有，一个瘦小的男人坐在院子里晒太阳，二十五六岁的年纪，看面相却显得憔悴苍老。

老母亲用缺了口的碗盛了水给他们喝。

枳花用甜嘴把简皓夸了一番，让老两口放心让简皓给他们儿子诊治。

两人配合默契，简皓为病人诊脉，枳花就询问起病人平日里的症状，最后，简皓确诊为慢性肾炎。

简皓在药方上写了十几味中药。

深山里的村落本来就缺医短药，他们此行是寻找古崖柏，随身没有带药材。村里的大夫告诉简皓，他们平时的用药都是去山里找，村落背后的山叫龙脊山，人迹罕至，却药材丰富，村里的人有个大病小痛的，都会到山上去找草药。

简皓决定去龙脊山采草药，枳花要跟着他一起去。

她自信满满："你要找齐草药，非得我帮忙不可，万一迷路了，找人问路还得我出手。"

到达村落的时候，队员已经少了一半，大家都忙着找古崖柏，只能让枳花跟简皓搭伴，进山后相互有个照应。

山里天气突变，两人一大早就进山，村长一再叮嘱，要赶在太阳落山前回来，夜里会有野兽出没，非常危险。

有了之前登山赶路的经验，枳花进山前找了一根木棍，一来可以当拐杖，省力；二来可以用来拨开乱枝，方便行走。

山里的盛夏非常凉爽，经过成片的绿荫，一点也感觉不到阳光的灼热。山里的路都是村民走出来的，真正的羊肠小道，因为天气多变，泥土湿滑，走在上面深一脚浅一脚，一不小心就容易摔倒。

简皓步子大，走在前面，枳花迈着小短腿跟在后面，大约走出了两百米后，她就渐渐落下他十米远。

湿泥的路比来的时候翻山还要难走，脚下的石头一滑，她的身体正在左右摇晃的时候，简皓不知道什么时候已经转回头来，一把握住她的胳膊，让她的身体保持平衡。

她以前跟着言爸爸去采买药材都是在市场上，要么就是在学校的药材园里，在山里的密林杂草中找药材，还是头一次。

他的手像是有魔法一样，被他握紧的手突然有了坚定的力气，精神抖擞，这是不是就叫帅哥的力量？

大概是怕她再摔倒，他没打算松开她的手，就这么握着往前走。

刚才还觉得山里的风凉飕飕，才走出不到十米，她的手心全都是汗。她没有吃过猪肉，但好歹见过猪跑，都说爱情是浓烈的、滚烫的，现在简皓牵着她的感觉，是不是就是恋爱的感觉？

等她抬起头，发现简皓正回过头看她，那表情似乎在说，你在笑什么？

她的确在笑，嘴都快咧到耳根上了，她赶紧用另一只手捂住脸："风刮得脸挺疼的。"

他把鸭舌帽摘下来戴在她的头上，拉着她继续往前走。

枳花深呼吸，潮湿的空气闻起来竟然会有玫瑰花的香味，灰色的天空也变得绚丽可爱，踩着脚下的凹凸湿滑的泥土，也不再是泥泞感，像是踩在柔软的海绵上，舒服极了。她笑得更灿烂，细细地去感受这犹如约会一样美妙的时光，等找到需要的草药，说不定这一切就像梦一样，该醒了。

走到一处有瀑布的地方，他说："柴胡喜欢潮湿的地方，我们在这附近找找吧。"

简皓不爱说话，每次开口，声音很小，却沉稳好听。

柴胡喜欢躲在草丛里，他蹲下身，拨开乱草，搜寻着药材的身影。

枳花却没办法静下心来，脑海里浮现出前两天他为自己烧热水的情景，心里更加温暖，也更加倾慕他。想到这里，她幻想着，他待她好，是否也带着一点喜欢？

他回过头看了她一眼，目光让她又羞又臊，她赶紧蹲到草丛中去找草药。

她听言爸爸说过，柴胡喜欢被水滋润的同时，也喜欢温暖的阳光。她沿着视野开阔的悬崖边找过去，终于，在拨开几株高大的芦苇后，发现了一株柴胡的小黄花。

她向简皓招了招手，他快步过来，拿出小铁铲，将柴胡连根挖出来，放进背包里。

两人手脚都挺快，快到中午的时候，包里已经有了四种药材，没想到这山里草药品种丰富，如果不是赶时间，或许会有更多的发现。

天空开始慢慢变黑，来的时候村长就交代过，山里天气变化多端，太阳和雨水交替频繁，简皓看了看，灰色的云层不厚，这雨应该下不了多久，找了一棵枝叶茂密的大树当伞，坐在树下，他从背包里拿出面包当午餐。

枳花从包里拿出压缩饼干，瞧了瞧他手里的面包，这几天压缩饼干吃多了，有点反胃，不知不觉开始贪恋起面包的奶味。

简皓读懂她眼睛里面的小心思，笑了笑，把面包递到她眼前。

她已经把手伸过去了，嘴上却客气着："这多不好意思。"

她口是心非的样子都这么可爱！

枳花把压缩饼干递给他："你也尝尝我这个吧，为了口感好一点，我特地买了柠檬味的。"

他接过来，说："谢谢。"

他们住的屋子后面有一眼山泉，她尝了尝味道，不亚于农夫山泉有点甜，所以今天出发前，她用空瓶子装了一大瓶，用来就饼干吃。

她刚拧开盖子就被简皓一把抢过去，她还在诧异，就看到他从大背包里拿出一个保温杯，拧开盖子，里面的水还散发着热气，他说：“你喝这个。”

她的眼眶有点发酸，他知道她的例假还没有完，悄悄带上了热水，如果自己可以一直享受到他的温柔和体贴，该多好！

她背过身去，担心等会儿眼睛红红的会被他看到。

她原本大口大口地吃着面包，突然觉得自己不够漂亮，至少举止要优雅一点，或许能赢得他一点点的好感，于是用手小片小片地撕下来，再放进嘴里细嚼慢咽。

此刻，她对自己以前的大大咧咧感到羞愧，锦歌不止一次提醒过她，要想吸引男孩子，如果没有绝对美丽的外貌，就一定要有优雅的举止。当时她想着没人爱，至少要活得随性舒服一点，现在才知道，不听“老”人言，吃亏在眼前。

面包还没吃完，简皓轻轻拍了拍她的肩头。她吸了吸鼻子，转过身，他摊开的手掌上有一堆红色的小果子。她认得，这是蛇莓，除了清热解毒外，味道也好，这个时候当餐后水果最好不过。

她刚把蛇莓捧到手里，他就像变戏法似的拿出一个形状像芒果，却裂开一道口子的果子。她问：“这是什么？”

“八月炸。”他解释着，“你试试看。”

被淡黄色果皮包裹的果肉有点像火龙果，有很多细小的籽，她尝了一口，虽然籽多吐起来挺费劲，但晶莹剔透的果肉却细滑爽口，有点像松软得入口即化的桂花糕。

天飘起了小雨，简皓皱起眉头，然后轻轻拽了拽枳花的胳膊，这雨恐怕要越下越大，为了安全，示意她赶紧赶路回村。

走出一段，雨果然越下越大，雨水落到地面，地面上夏日的热气就开始蒸发，两人穿着不透风的防雨服，很快就汗湿淋淋。

闷热和湿汗让背上的皮肤痒得难受，她忍不住挠了两下，很不舒服。

简皓担心路滑她会摔跤，再次牵起她的手，快步拖着她走。走到一个分岔路口，他发现来时做的路标不见了，犹豫着不知道该怎么走。

枳花的目光一扫，红色的标带连同系住的枝丫被吹着贴在旁边的一棵大树上，大概是被下雨前的大风刮断了。

简皓想了想，只能凭着来时模糊的方向感判断：“我们走左边的路。”

跑得太快，枳花的帽子被风吹开了，雨顺着领口往里面滴，冷得她打了个寒噤。等她把帽子重新戴好，积在里面的水就灌进衣服里，更冷。

雨没有停的迹象，越下越大，而且两人还迷了路，无路可走的时候心情反而轻松起来。两人停下脚步，枳花笑了，看着她的笑容，简皓也笑了，问：“怎么了？”

她说：“反正都淋湿了，也不怕再湿透点，我们慢慢走吧。”

两人打算往回走，才发现赶路的时候太匆忙，忘了做记号。

简皓从口袋里掏出指南针晃了晃，他一直是个有准备的人，总能临危不乱。

他一直拉着她的手没有松开，说：“我们慢慢往回走吧。”

是谁说雨中漫步是件浪漫的事，枳花现在才知道，一些浪漫的小说桥段是骗人的，全身湿透了，连鞋底都是水，走的每一步都像踩在稀泥里，很是难受。

远远地，茂密的丛林里露出木屋的一角，简皓惊喜地指了指前方，然后拽着她就往那里跑。

木屋非常牢固，门没有上锁，简皓敲了敲门，没人回应，轻轻推门，门打开了，里面一片漆黑。他不由分说地把她拉了进去，没有冷风的吹拂，身体瞬间就暖和了很多。

简皓拿出手机照明，手机亮屏之后发出嘟嘟的电量不足的提示音，电没有剩下多少，要用在刀刃上，所以赶紧关机，保持电量。他摸索着找到蜡烛和火柴，微微的火光亮起，木屋狭小空旷，陈设简陋，地上一层厚厚的灰。大概是为进山采药的人提供庇护的小屋，只是太久没有人来过。

简皓说：“不知道雨要下多久，我们等等吧。”

鞋子里湿湿黏黏很是难受，为了在简皓面前保持优雅的举止，她咬着牙，忍着难受不把鞋袜脱下来。

屋子里有干柴，虽然蒙上了白灰，但还能用，或许就是屋主留下来供别人不时之需的。

屋中间是用石块砌成的土灶，石块已经变得乌黑，看来已经用过很久了。

简皓把干柴搬到土灶里，点了火，火苗冉冉升起，她不由自主地就往灶边靠。

他说：“把衣服脱下来烤烤吧，当心着凉。”

她赶紧把外面的冲峰衣脱下来，不是为了防雨和蚊虫，大夏天的，她才不会穿这种不透气的衣服。等把外套脱下来，里面的白衬衣早就被雨水浸湿，紧紧地贴在皮肤上。想到自己浑圆的身体线条会暴露无遗，她迅速将外套穿了回去。

他一愣，觉得自己说错了话，担心对方误会自己是个色狼，于是说：“我到外面去，你把衣服赶紧烤干吧。我已经给队里发过短信，等雨停了再下山。”

他起身就往外走，她赶紧叫住他：“别出去！”

外面风大雨大，他可是队里的重点保护对象，如果他感冒了，她可就成千古罪人了。

又想到他的热心肠，如果自己着凉肯定会过意不去，她说：“你转过去吧！”

屋子里有一条长凳，他走过去用衣服擦了擦上面的灰，然后搬到她的面前放下，让她把衣服挂在上面，方便烘烤。

他转过身，枳花快速把衣服脱下来，一拧，滴下来不少水，然后摊开挂在长凳上，赤裸的身体暴露在空气中，她连着打了好几个喷嚏。

这时，她看到简皓也在脱衣服，有点惊慌：“你要干什么？”

他没有转过身，将衣服脱下来之后，背手要递给她：“穿我的吧，我的外套防雨，里面是干的，你抖一抖，上面的雨珠就会掉的。”

她用手捂着胸，慢慢挪身过去接外套，外套里有他残存的体温，比烤火还暖和。

他身材高大，及腰的外套她完全可以当成裙子来穿，把自己完全罩在他温暖的外套里面，她说：“你也赶紧过来烤烤火吧，挺冷的。”

他靠了过来，对着她笑。

披着他的外套，烤着火，枳花还是连着打了好几个喷嚏。

“还冷吗？”她似乎感冒了，他赶紧脱下贴身的衫衣递给她，“外套不贴身，把这个穿在里面会暖和一点。”

枳花没听清他说什么，目光在他结实的胸肌上移不开，心里嘀咕着，她最不想看什么，就偏偏来什么，就像饥饿已久的人，面前吊着一块美味的熏肉，却没办法下口，不知不觉，她咽了咽口水。

他问：“你嗓子疼吗？”

“不，不是的。”

他的手一直伸着：“赶紧穿上。”

“不行，你也会感冒的。”如果让她对着他的肌肉一晚上，比感冒头痛更折磨她。

她又连着打了好几个喷嚏，身体像是被雨水浸透了似的，冷得像块冰，外套不贴身，皮肤跟外套间的空隙冷风灌进来，让她的体温很快就消散了，她忍不住往火堆靠了靠。

难受又倔强硬撑的表情让他心生爱怜，他强硬地把衬衣罩在她的肩头，然后走回到原位，转过身去，催促她赶紧穿上。

再这么推让下去，恐怕两个人都会感冒，她索性就把他的干衫衣穿上了，然后向他招手：“你坐过来。”

他转身看着她，愣着没动。

她拍拍身旁的地板，再次示意他过去。

他红了脸，迅速低下头。

枳花做了生平最大胆的一件事，主动过去坐到简皓身边，将披着的外套搭在他的背上，自己撂起外套的一角，蜷缩着身子钻进外套下面。第一次和他靠得这么近，身体贴着身体，她有点担心自己的定力不够，会出糗。

简皓没动，就像一棵屹立不动的大树让她依靠着，他身体散发出的热量比柴火舒服多了，甚至还有点烫。她本来想着两人并肩而坐，但是外套不够宽，这样的距离没办法容纳两个人，正当她要放弃的时候，他温暖的手臂圈住了她的腰。

他突如其来的举动吓得她差点跳起来，但他的手太温暖，她很快就适应了这种温暖，甚至不希望他把手挪开。

外面的雨越下越大，打在木质的屋顶上，啪啪作响。过了一会儿，他问：“还冷吗？”

舒服的温度牵出了她的瞌睡虫，不知道什么时候她的头已经靠在他的肩头上，昏昏欲睡。看着此时的她完全依赖着他，他没再说话，不想打断这份静谧和谐。

大概是姿势不舒服，她的头微微往下滑，他轻柔地捧起她的头，放在自己的膝盖上，还好，她没有醒。

其实枳花一直都没有睡着，只是受不了四目相对下略显暧昧的依偎，为了不让自己出糗，她只能装睡，把头靠在他的胳膊上之后，几分钟后就有点后悔了。这样的姿势太难受，担心对方发现她的装睡，也就只能这么坚持了，直到刚才脖子疼，坚持不下去了，头晃了一下，顺势躺到了他的腿上，侧躺枕着他的腿，这样的睡姿舒服多了。

大清早就起来赶路，又被雨淋了个透心凉，身体一放松下来，睡意就真的来了。睡久了他的腿会麻，但贪恋着这份舒服和他的温暖，她告诫自己，睡一小会儿就起来。

雨打在木质的房檐上，滴滴答答地响，枳花很快就被吵醒了，抬起头，发现简皓半眯着眼睛，没有睡。

她好奇："你在想什么？"

看着你睡。当然，这话他是说不出口的，只是笑了笑，没出声。

睡不着，就只能用聊天来打发时间，她问："上次你要给新研制的益气丸找一味佐药，找到了吗？"

他说："还没有。"又问，"你知道在一张药方中，不同的药材，分别起着君、臣、佐三种作用？"

这个药理她是知道的。

他所研制的新益气丸，以熟地黄为主药，滋阴补肾，益气固本，党参、甘草等六味药材为臣功效，他现在需要一味佐料，让这几味药能够达到最好的吸收。

她建议："当归？陈皮？都是理气开胃的。"

他反复试验过，药效并不是最理想的。

简皓突然问她："你毕业后有什么打算？"

她用右手支着头："我希望能进程教授的中药研究所，但现实是，我估计会继承言爸爸的生意，主持'言正堂'的工作。"

他问："你不喜欢待在'言正堂'？"

"也挺好，只要是跟药材打交道的，我都喜欢。其实以前我挺想当一名律师的，后来进了这个中药专业，突然发现，我跟那些草本植物挺搭的，也好沟通。"

醒过来的时候已经是第二天早上了，绚丽的阳光从厚厚的窗户外透进来匍匐在地板上，她揉了揉惺忪的眼睛，才记起和简皓为了避雨，来到这间森林的小木屋。

腰上有轻微的压迫感，她睁开眼睛，才看清自己正睡在简皓的怀里。他侧着身，一只手正充当自己的枕头，另一只手搭在她的腰上，像要把她完全容纳在他怀里。

她轻轻地抬起目光，他还没有醒，双眼紧闭，长长的睫毛，挺拔的鼻子，简直就是侧脸杀。她情不自禁地抬起手，快要触到他鼻子的时候，及时克制住，把手收了回来，感觉现在的行为跟色狼似的，正要猥亵一位帅哥。

她刚支起身，简皓就醒了，一双睡意蒙胧的眼睛看着她，仿佛在问，怎么了？

为了掩饰脸上的尴尬，她挤着笑容："好像雨停了，我们赶紧回村子吧，要不然大家会担心的。"

他看了看手表，已经是第二天早上八点了，于是起身走到灶台旁，把烤干的衣服递过来给她，然后转身出去了。

衣服早就烤干了，还带着一股草的淡香味儿，所谓一方水土养育一方人，这里的雨也带着这茂密丛林的精气。

趁着她换衣服的工夫，他不知从哪里打来的水，在破木柜里找到一个缺了口的陶罐，洗干净后开始烧水。他的背包就像是百宝箱，总能掏出让她惊讶的东西来。

水烧开了，咕嘟着冒着水泡，简皓打开密封的塑料袋，里面是抽干了水分的蔬菜，又轻又薄，便于携带，在水里一煮，水分饱满之后，完全恢复了蔬菜的口感和香味，再加一点盐，加入考察队之后吃过最美味的两顿饭都来源于他。

他包里只有蔬菜干，如果再有面条就完美了。

喝了一碗热腾腾的蔬菜汤之后，背上起了微汗，把昨天遗留下来的那点凉意都赶跑了，她感觉整个人精神抖擞。喝汤的时候，她问：“你有没有闻到一股香味儿。”

“一种乔木的香味儿。”他点了点头，目光往上看，表示这种香味儿应该是搭建这屋子的木头散发出来的。

简皓似乎想到了什么，起身开始在屋子里察看起来，他拿出备用的手电筒对着木质的墙面仔细探照，手指在墙面轻轻地摩挲，感受着木板的纹理。

枳花也端着碗走过来想看看这墙面的木料到底是什么树木，站在简皓的身边，对比他修长又完美的身材比例，她总是相形见绌。他身材这么好，还只吃一点点，自己圆圆的，一口气就喝了两碗，于是赶紧将碗放下，再靠过去。

她对柏木还是有一些了解的，特别是崖柏，这几年古玩市场里对于崖柏制品的收藏非常火爆，言爸爸就是爱好者之一。她伸手触摸木板上的纹路，说着：“这是柏树。”

木板上有几道扭曲的纹路，她说：“这样的结疤叫瘤花，瘤花是崖柏在生长过程中遇上山崖滚石受伤，受伤的部位发生病变，导致筛管的断裂造成局部营养过剩而引发的无序性细胞分裂形成的瘤状组织，在古玩市场上，瘤花越多，价格就越高。”

这是非常重大的发现，回到村子里，枳花把发现古崖柏的事告诉了植物学家，对方非常兴奋，在村长的带领下，一队人赶紧去森林里的木屋确认。

那屋子的确是用崖柏建的，村长说，这种树木厚实牢固，村里的人大多都用这种木头来建屋，一些房子四五十年，依旧坚实牢固，风雨不倒。只是这种柏木近几年已经找不到了，新盖的房子用的都是樟木。

队长把队员们分成三组，分别走访村民的木屋，看到底有多少木屋是用崖柏建的，在拜访一户村民的屋子时，枳花看到了同样的树纹和瘤花，确认这就是崖柏。

屋子还很新，大家似乎看到了希望，赶紧问村民建房的木料是从哪里搞来的。村民说是从后山砍伐来的，树又粗又大，全部运回来还颇费了一番劲儿。

在村民的带领下，他们来到砍伐木材的地方，村民指着不远处一棵尚小的树木说：“就是这个。”

植物学家迫不及待地想去看个究竟，但树木生长的地方就在悬崖的边缘，一不小心很可能掉下去，五十多岁的人，腿脚难免不方便，简皓主动提出：“我去。”

枳花能读懂他脸上的急切，他乐于帮助别人，也想证明自己，她帮着他说：“让他去吧，保证能把样本带过来。”

简皓跟着考察队一路走过来，体力是最好的，几乎都走在队伍的前面，臂力也是最好的，不仅背自己的行囊，还帮着教授提工具箱，还帮着枳花拎包，做事更是谨慎。植物教授很是放心，说：“那就麻烦你了，你爬到树上之后先看看它有没有花和果实之类的。”

简皓脱下防晒外套，光着脚，尽管个头高，还是很敏捷地攀到树上，在茂密的枝叶间搜寻起来。过了一会儿，他摘下一株类似桂花的东西，从口袋里拿出透明塑料袋，将东西小心翼翼地装进去，再敏捷地从树上滑下来，把袋子交到植物教授手里。

教授仔细地看了之后，脸上露出笑容：“这应该就是这种崖柏的种子，从外形来看，果实细小，站在树下肉眼是很难发现的。而且从这几天走访村民的家来看，很多年前，这种崖柏就在村子的周围茂盛地生长，但由于村民的过度砍伐导致数量越来越少。要从这么小的果实生长成参天大树，可能需要十多年甚至更久的时间。”

教授决定把果实寄回实验室进行进一步的确认。

教授对简皓和枳花表示感谢，如果不是他们俩发现建房的木头，他们可能还在这村子附近盲目地转悠。

教授的夸赞让枳花非常高兴，侧头，发现简皓的嘴角弯起自信的笑容。

山里采回来的几味药，再加上村里大夫家找到的药材，就还差一味升麻。升麻是非常重要的佐助药，如果不使用，就无法抑制病人的腹泻，肠道不能恢复正常，直接影响到其他药材的吸收。枳花拿出手机搜索了一下，离最近的有药铺的小镇有十公里，十公里直线距离并不长，但都是崎岖难走的山路。

简皓说：“我脚步快，我去。”

队里剩下的工作主要是收集标本，三天后就回程，所以他们得在两天内把升麻带回来。简皓说做就做，收起背包就出发，枳花坚持要跟他一起，来回路途辛苦，说好拿到升麻后，简皓独自返回，她就在镇子上等着队员们去那里会合。

枳花突然觉得，只要能跟简皓独处，她的心里就会泛起一股兴奋，做什么都特别有劲。

简皓做事比她更细致，他下载了地图，设计好路线，早上出发，晚上就能到达。

去镇子的路跟来时的崎岖小道差不多，枳花走起来却轻松很多，风和日丽的天气，茂密的树林遮去了灼人的阳光，像阳春三月出去踏青一样惬意。

带的吃食已经消耗得差不多了，背包也轻松不少，但简皓还是执意要帮她背，她没再推托，开始高兴地享受他的照顾。

前两天一直是大晴天，土质干燥，下坡的时候，脚下的干土变得松散易碎，踩上去差一点滑倒好多次，所以上坡的时候，简皓主动走到她的后面，下坡时，又跑到她的前面。

枳花经过这一个星期的锻炼，体力见长，一天的路程只休息了三次，在天黑之前就赶到了小镇。镇子不大，约 200 米长的坑洼不平的道路两边是两层楼的砖房，谈不上繁华，但比起深山里的村落要好很多，一些村民把吃不完的食物放在竹筐里沿街叫卖。

枳花闻到了油炸食物的香味，以前她对油炸食品完全不“感冒”，每次吃之前就会想到自己满身的“油水”，能够很好地做好忽视和嫌弃。经过几天的“清汤寡水”后，看到油炸食品，她激动得恨不得马上扑过去。

还没等她开口，简皓说：“我们去吃点东西吧。”

饭店的门口支着一口大锅，锅里是用山泉水煮着的豆花，已经卖去一大半，只剩下两小块。见她两眼发直，简皓对老板说：“剩下的豆花我全买了。”

偏远的小镇上吃食比较单一，菜式很少，只有四样，用粉笔写在墙上，泉水豆花、酥肉汤和黄豆烧牛肉，枳花咽着口水，嘴上却说着：“菜是不是点太多了？”

以前她总弄不懂很多女生明明大大咧咧，却要在男生面前表现出优雅精致，明明在食堂能吃两大海碗，在男朋友面前却只吃几小口，假装自己饭量小，吃得少，好养活。没想到有一天，她也活成了自己曾经鄙视的样子，而且还无比开心。

明明肚子里的馋虫蠢蠢欲动，她只能掰着手指数，一块肉、两筷子豆花，三小口饭，最后还是没控制住食欲，吃了四块牛肉，然后放下筷子。

简皓问：“不合口味吗？”

她挤着笑容：“不是，挺好吃的，只是我已经吃饱了。”

走了一天山路，中午只吃了几片面包，她摸了摸饿得难受的肚子，天哪，这就是说谎的代价吗？

简皓把吃不完的食物打包。在小山村里待了几天，更觉得食物可贵，村里的一些人家，一年都吃不上几次肉，让她更加觉得浪费可耻。

拎着打包的塑料袋，两人沿着小镇的街道走了一圈，寻找着药店。有风吹来，身上的湿热感也跟着消失不见，小镇上还没有路灯，只能借着两侧房屋透出的灯光来找路，枳花不小心踢到了石子，身体微微往前一倾，就被他眼疾手快地扶住。

他顺势就牵起她的手，这似乎都快成了习惯性动作，她的手掌微微弯曲，以一个契合的手势回握住他的大手。

走出一段后，总算找到一家药店。店面不大，店面的正中放着镶了玻璃的展示柜，里面都是西药，右侧跟墙一样高的药柜，一个个小抽屉上贴着药材名。木柜破旧，但贴着的便条却字迹清晰，可以看出老板是个惜药之人。

很幸运，这家店里有升麻。简皓又买了一些西药，老板见来了大主顾，用箱子把药品打包好，方便他们拿取。

枳花问老板：“镇子上有旅馆吗？”

这个偏远的小镇很少有人会来，整个镇上只有一家旅馆，就在小镇的东头，黑漆漆的门楣，只有一盏微弱的招牌灯，还是简皓眼尖，让她找的话，还真不一定能找到。

旅馆没有前台，站在楼下叫了半天，老板才从楼上姗姗而来，见是两个陌生人，笑着问：“是来住店的吗？”

店里一共才三间房，一间老板用来打麻将，另外一间前两天下雨漏水，没办法住人，现在只剩下一间。

一间也要住，总比露宿街头好，她对简皓的人品绝对信得过，而且她带了睡袋，可以睡在地上。

付完钱拿了钥匙，开门进去，房间里完全不像旅馆，跟在村里住的土房差不多，地上凹凸不平，打地铺都硌背，床上铺着的被子黑漆漆的，大概是久不住人，老板连床单都懒得洗了。

简皓打开自己的睡袋就铺在地上，她赶紧说：“地上睡着不舒服，还是睡床吧。”

话声刚落，就觉得话没说对，对方会不会以为自己在邀请他一起睡？

房间里连卫生间都没有，要去外面的公共卫生间，他拿起墙角的铁盆走出去，很快就打了热水回来让她洗漱。

她说：“出来后你一直都在照顾我，放心，我会报答你的。”

他突然问：“你要怎么报答我？”

以身相许行不？

她想这么说，却有自知之明，他这样出类拔萃的人，怎么可能喜欢她这种相貌平平的女孩子。

她想了想说：“下次去义诊的时候，我给你当帮手，你的益气丸新方不是缺一味药吗？我一定帮你找出来。”

简皓笑了，他觉得照顾喜欢的人是应该的，不需要任何回报，见她把自己研发新药方的事一直记挂着，至少在心里也算是一种惦记吧。

她说：“你早点睡吧，明天你还得赶路。”

在简皓的一再坚持下，她睡到了床上，而他就在旁边的地上打地铺。

两人睡得这么近，枳花有点小激动，把白天赶路的疲惫全赶跑了。她悄悄地把和他独处的每一秒都当成热恋来过，想到明天一大早他就要赶回队里去，心里很是难舍。

心里数了一百只绵羊，依旧一点睡意都没有，她侧过身，借着月光可以看到他修长的身影就躺在不远处，忍不住问：“简皓，你有喜欢过哪个女孩子吗？”

简皓没有回声，她猜测着他可能睡着了，过了好一会儿，他才说：“我很喜欢一个女孩子。”

她只是随口问问，却得到一个她不想听的答案，而且在一个女孩子面前夸耀另一个女孩子，太残忍。简皓是个心直口快的人，她能够理解，为了不让他继续说下去，她说：“快点睡吧，我好困。”

枳花醒来的时候，简皓已经走了，药箱和他的背包都不在了，听到有滴水的声音，担心是哪里漏水，起床找了一圈，发现是外面下大雨，屋里下小雨，谁让全小镇就这一家旅馆，连选择权都没有。

她洗漱完之后就在旅馆旁边的小店里吃了一碗青菜面，外面的雨淅淅沥沥地下着，四周雾蒙蒙一片，能见度不高，小店里挂的电视机还是很久以前的箱式，画面不清晰，闪着雪花儿。

回到旅馆，她把背包里采到的药材拿出来做记录。这一趟出来收获不小，有几味草药她还只是在书上见过，准备带回去让言爸爸鉴定一下。只要是关于药材的事，就能让她全神贯注，废寝忘食。突然，一阵急促的救护车警笛声打断了她的思绪，似乎有许多救护车经过，这样的阵势也引起了她的好奇，于是想下楼去看个究竟。

镇子上多是庄稼人，闲暇之余就喜欢看热闹，尽管下着雨，但路边仍围着一群人，在那里叽叽喳喳地议论着，从大家的话里她才得知前面山上发生泥石流，抢救的部队已经先过去了，刚才的救护车是去拉伤者的。

隐隐地，枳花有不好的预感，救护车去的方向像是他们赶过的路。她赶紧拿出手机打给简皓，那头却无人接听，她打了好几通，都没能听到简皓的声音。

她坐立不安，与其这么担心地等着，不如去看个究竟。她把雨衣套在身上，冒着风雨就出去了。

路边没有车子搭她过去，说是前面封路了，还拉起了警戒线。司机说得很玄乎，说这次的泥石流很厉害，山脚下一个村子被埋了一大半，这会儿山体滑坡还在继续，劝枳花不要贸然前去，一不小心把小命搭进去。

司机的话让她的心更加七上八下，虽然简皓的脚程快，但指不定路上发生点意外耽搁了，刚好路过那个小村子。

她决定徒步走过去。

方便轻松上阵，她把行李和药材都留在旅馆里，只在背包里放了水，在楼下的小卖部买了面包和饼干，裹着雨衣就出发了。很多年以后，她告诉简皓，那时候的决心连她自己都惊讶，她想，如果他遭到了意外，自己也不活了。

后来简皓笑她傻，她说，女人在喜欢的人面前智商都为零。

越往重灾区走，人越多，部队在前面抢险救援，救护车随时待命，后面还有陆续赶来的志愿者。经过打听，因为暴雨天气，前面的确发生了泥石流。泥石流毁坏了前面的一个村子，有村民被埋在了泥石流下面，现在正在极力抢救。

简皓的手机一直打不通，会不会被一同埋在了泥土之下？枳花想到这里，泪就在眼眶里打转，但她很快就冷静下来，告诉自己，只要没见着尸体，就不能代表他遇难了。她得去找，哪怕是把从小镇到村落的路都找一遍，也要找到他。

前面的路拉起了警戒线，雨依旧下个不停，山体滑坡随时都有可能再次发生，除了救援部队，其他的人一律限制进入，枳花也被拦在了警戒线外。她向执行任务的武警形容了一下简皓的样子，他出众的外形或许有人会记得。

武警摇摇头，表示没有见过这么一个人，知道她寻人心切，但还是提醒她前方危险，不要贸然前往，还是回去等消息。

她哪里听得进去，不亲眼看到简皓，等待只会让她更加心浮气躁，煎熬难耐。

部队已经将村民们都转移到高地去了，有志愿者搬运生活物资过去，枳花灵机一动，不声不响地搬起一箱方便面扛在肩上，混在志愿者的队伍里，大家都忙着运送物资，也没注意谁是谁。

湿滑的山路很不好走，枳花扛着纸箱一路走来，竟然没有掉队。她一心记挂着简皓，再大的困难与艰苦都变得不重要了。脚步越来越沉，她低下头，才发现自己的登山鞋上早就积满了湿土，她在路边找了一块薄石子将湿泥刮下来，又继续前进。

她给考察队的队长打了一通电话，询问简皓是否回了村子。队长声音焦急，表示没有见到简皓回来，还打电话联系过，但对方关机了，又看手机新闻说附近发生了泥石流，大家正担心着。

挂断电话，她“哇”的一声哭了起来，旁边的志愿者以为她是累了，上来帮忙："把箱子放到我这个箱子上面，我帮你拿。"

"谢谢，我拿得动。"她声音哽咽着，赶紧把纸箱扛到肩上，好挡住挂在眼角的泪水。

父母离世之后，枳花就再没有哭过，她像一棵坚韧的小草，迎着风雨茁壮成长，身上的水珠只会是来自大自然的馈赠，而不是伤心难过的泪水。就连被言俊生当众羞辱，她都没掉过一滴泪，只是越来越坚强地改变自己，用努力来赢得别人的尊重和喜爱。

但遇到简皓后，她的这种坚强变得不堪一击，她甚至产生了一种依赖感。她喜欢这种依赖感，跟他在一起，她可以完全放松自己，不再像一只满身带刺的刺猬，努力地去证明自己。

跟着志愿者的队伍到达村民转移的地方，因为事发突然，很多人什么都没有带，只一身衣服就跑出来，志愿者把御寒的衣服和食物分发给大家，枳花借此向大家询问，有没有见过简皓。

被询问的人都摇头，说没有见过。突然，一个年轻的小伙子插话："我见过他，他是不是穿着一件白色的雨衣，个头很高，我看到他的包上还印着庆市中医大的字样。"

枳花的眼睛发亮，拽住对方的手就问："他在哪里？他在哪里？"

小伙子说："泥石流发生的时候，我正在家里煮饭，他跑进我家来拽着我往外跑，我愣了半天，以为是个贼，听到轰隆隆的声音，他才说泥石流来了，还好我俩跑得快，刚出门，我的房子就被泥石流淹没了。”

听起来就万分的凶险，她追问：“那他人呢？”

“他让我往高的地方跑，然后他就进村子去了。”小伙子脸上露出不安的表情，“听说村子里的情况不是太好。”

有村民叹着气：“唉，村子都没了，我跑出来的时候，看到的都是屋顶。”

她的心像被刺了一刀一样疼，惶惶不安，恨不得立即冲到村子里去找他。

不远处传来剧烈的轰鸣声，有人在说：“这雨不停，塌方点还要增多，真是让人不安心。”

枳花脑子里乱哄哄的，有一百种他遇到危险的情况在脑子里打转，然后又被一百种可能幸运脱险的方法给赶走，左思右想，徘徊不定。

有人过来说：“刚才下面发生了塌方，来时的路都被堵住了，大家现在保持冷静，原地等待。我已经跟外面联系过了，部队很快就会派人过来清理。”

山上开出一朵朵伞花儿，不断有被输送上来的村民，每来一位，枳花就会冲上去问有没有见过简皓，问了好几个人，对方见她着急上火的样子，都只是无奈地摇了摇头。

天渐渐地暗了下来，道路还没有抢修通，她再次拨打简皓的电话，还是关机，打回队里去，依旧没有简皓的消息。

山里地势险峻，直升机不好着陆，只能空投下来水和食物，大家非常齐心，场面也比较安静。天黑下来，雨也停了，透心的冷，有志愿者塞了一个热水袋在枳花怀里，问：“你是哪个支部的，上山的时候，我看你一个女孩子扛着箱子健步如飞，让我都佩服。”

担心自己的身份会露馅，她用含混不清的声音说：“还好啦！”

大概觉得女孩子会柔弱一些，对方安慰她：“别怕，我刚才问过队长，再过两个小时，我们就可以下山了。”

这时，有人在喊：“这里有人生病了，有没有谁是医生？”

志愿者队伍是临时组建起来的，是一家公司的员工，见没人回答，枳花硬着头皮举手：“我是中医大的学生，让我来看看吧。”

旁边的人很自觉地为她让开一条道，走到病患的身边，旁边的人拿出手机帮她照明。生病的人是一位村民，为了让他舒服一些，有人把纸箱拆开了铺在地上让他坐着。

病人将手按压住腹部的左侧，她问：“你是胃痛吗？”

旁边的年轻女子说：“我爸本来就有严重的胃病，出来得太急，一点药都没有带。”

这里没有急救药品，能做的就是缓解胃疼，等道路通畅之后再就医。想到这里，枳花赶紧把对方的鞋脱下来。男人担心自己的脚太脏，往后缩了缩，枳花开解说：“放松些，我看过的病人不少呢！”

老人的脚上沾满了湿泥，枳花拿出包里的湿巾将老人的脚底擦干净，然后用双手拇指揉按三里穴。大约五分钟后，脚底传来的酥麻感让胃部的疼痛缓解下来，老人紧皱的眉头慢慢地舒展开。这时，人群里钻出一个人来："刚才我打了电话，山腰有医疗队，大概有四百米的距离，我们把老大爷送到那里去吧。"

一个身强力壮的志愿者走过来将老大爷背起，一个熟悉地形的村民带路，枳花也跟着过去，担心路上再发生意外，自己也好应急。

四百米的距离看似很短，但都是山路陡坡，走起来很是吃力。山腰上停着两辆救护车，路被塌方堵塞后，后面的车被困在半道上，村民们把受伤的人都往这里送，有专业的医护人员，枳花悬着的心也就放下了。

正当她想向医护人员询问有没有看到简皓时，一个熟悉的背影闯进她的视线，他站在另一辆救护车的后面，正给坐在车尾的伤者包扎受伤的头部，他微微弯着腰，动作轻柔仔细。她慢慢地靠过去，在离对方只有一米的距离时，她试探着叫了一声："简皓。"

对方转过头，尽管车灯昏暗，她还是看清了那张心心念念的脸，他惊讶的目光，仿佛在说，你怎么也在这里？

他安然无恙，她应该高兴才对，却突然鼻子发酸，有东西像沙子一样卡在眼睛里，痒得难受。她快步走上去，再也顾不上矜持，从身后抱住他的腰，额头紧紧地贴着他，声音带着哭腔："能看到你真好。"

如此亲密的动作，伤者以为两人是情侣，忍着痛没支声，不想打断这温馨甜蜜的场面。

过了一会儿，她才抬起头："你电话怎么关机了，真是担心死人了！"

他晃了晃手里的纱布，示意等他把伤者的伤口包扎好之后再解释。

她就在旁边站着，静静地看着他。以前她都不太敢直视他，也不敢看太久，怕被同学察觉之后取笑。此刻，她不再有任何顾虑，把羞涩也放下，就像是热恋中的女孩子，深情脉脉地注视着男友，支着头，面带笑容。

包扎好伤口的伤者知趣地走了，剩下的两人相视一笑，她先开口："我还以为你出意外了……"

觉得这话不吉利，她赶紧用手拍了一下嘴，表示刚才的话不作数，又说："好端端的干吗关机，再找不到你，我可真要疯了！"

在抢救村民的过程中，他的包掉了，手机自然也掉了。

枳花拿出手机想给队里的人报平安，拿出自己的手机时，发现已经在滴水了，她笑着说："糟了，我的也不能用了。"

头发因为雨水紧贴在头上，额头上蹭着一道泥痕，面容憔悴，眼睛还红红的，看得出为了找他，她吃了不少苦头。于是他伸出手为她擦掉额头的泥痕，触到她额前的皮肤，微微有些烫，他说："你感冒了吗？"

"有吗？"她将手放到额头上。她的确在感冒发烧，只是一心记挂着他的安危，竟然一点都没有察觉身体的变化。

他在车里的应急药箱里找到散热贴给她贴在额头上，又倒了一杯热水给她。

在着急寻找他的时候，心里想着，如果找到他，她就不再隐藏心底的这份爱慕，哪怕是被他拒绝，她也要说出来，可见到他，之前想好的话卡在喉咙里，于是喝了口热水，把它们吞回到肚子里。

她正喝着水，他的手突然捧住她的脸颊。她放下杯子，诧异地问：“怎么了？”

刚说完，他的吻就落了下来。他温暖的气息，带着一种说不出的甘甜，让她不想把唇挪开。尽管脑袋里昏昏沉沉，她还是做了一个大胆又清晰的决定，用手环住他的脖子，不让他离开自己。

Chapter 09 吃不到的回头草

回到家里，看到枳花变黑了，言妈妈很是心疼，说要给她炖鸡汤好好补补，言俊生凑过来："你好像瘦了。"

枳花诧异地看着他："你受什么打击了？"

记忆里，从高中开始就没听过他说句好话。

他瘪了瘪嘴："说的是实话。"

回到房间，枳花赶紧蹿进卫生间，对着大镜子照了又照，摸摸脸，又摸摸腰，她似乎真的瘦了。房间的电子秤早就被她扔了，免得触景伤情。于是她蹑手蹑脚地来到药店门口的电子秤上一称，竟然少了五斤，高兴得差点笑出声来，赶紧用手捂住嘴，暗暗高兴。

她刚回房间，便有人在敲房门。打开一看，竟然是言俊生，手里还端着一碗汤，她瞪大了眼睛："你不会真的受了什么刺激吧！"

平时他刻薄惯了，偶尔一次示好竟然让她别扭。

他把碗往她手里一塞，说："我也不愿意呀，我妈非得让我送过来，说消暑的，天这么热，在深山老林里转，瘴气重。"

言俊生的确受了刺激，他为了女朋友，耐着性子待在家里讨老爸老妈的欢心，谁知道模特女友突然跟他提分手，不想继续等下去，更不想浪费青春去陪他奋斗，把他甩了之后，迅速搭上了一个富二代，还故意在他面前出双入对，刺激他。

他第一次想到了枳花的好，枳花尽管不像他女朋友那样身材婀娜，高挑靓丽，但仔细看看，她的眉眼还是非常清秀的，明亮的大眼睛，圆圆的脸笑起来非常可爱。大概是出于嫉妒，也因为开玩笑开惯了，他从来没有正眼瞧过她。

尽管嘴上不承认，她的身上优点也很多，聪明、勤奋，最重要的是，她从来不会轻视他，还时不时地鼓励他。以前他总是生气，现在想想，忠言逆耳，是自己不知好歹。

前两天他失恋的沮丧被母亲察觉了，母亲跟他彻夜恳谈，希望他能跟枳花在一起，也只有枳花让他们认同和放心。

这次枳花回来，他是想改善两人的关系，只是相互斗嘴惯了，说起温柔的话，反而唐突尴尬。

言俊生问："你们也快开学了，做哥的也得表示一下关怀，下周六有乐队的演唱会，我买了两张票。"

"下周六我约了人。"简皓约了她。

言俊生有点失落，淡淡地"哦"了一声。

虽然他俩还没有任何口头上的约定成为情侣，但打电话的时候，简皓邀约的语调带着明显的暧昧，这就是约会的邀请。

星期六那天，枳花起得很早，把喜欢的几件衣服都拿出来一一试穿，眉飞色舞，哼着小曲。有两件衣服是去年才买的，现在穿上身，腰部宽了很多，看来这趟出去折腾，体重的确减轻了。

门口有人轻轻敲门，言俊生倚靠在门框上：“枳花，妈叫你下去吃早餐。”

“哦，马上下去。”她一边应声，一边抓起一条大红色的裙子往身上套，她皮肤好，穿红色最好看。

走出房间，言俊生还站在门口，瞥了她一眼，酸酸地说：“你这是赶着去结婚吗？”

“废话！”跟他斗着嘴，她整个人却飘飘然起来，说不定将来她真的会成为简皓的新娘。

为了保持最好的身姿，面对丰盛的早餐，她只喝了两口豆汁，在言妈妈爱怜的关心下，不得不往嘴里塞了一个蒸饺。

言妈妈也看出枳花是精心打扮过的，笑着问：“是哪家的男孩子这么幸运，能得到咱们枳花的青睐？”

她脸上的笑容已经给出了答案，跟言妈妈挥了挥手，就快步走了。

枳花一走，言妈妈看着自家的儿子，问：“你那天还跟我说喜欢枳花，看来有点晚了。”

言妈妈之前一心想撮合儿子跟枳花在一起，只是儿子的花心让他们放弃了这个念头。虽然枳花是养女，但他们倾注的感情一点不比亲生女儿少，枳花的幸福才重要，但眼下儿子坦诚地认错，又端正了追求枳花的态度，俗话说肥水不流外人田，四个人已经形成了固有的生活模式，如果有天枳花嫁出去，离开这个家，他们老两口多不习惯。

言俊生开始哀求："妈，你一定得帮帮我，你要知道，我现在可是洗心革面，重新做人了，我会给枳花幸福的。"

想到那个简皓闷声闷气，又不爱说话，其实这种内向的男生最危险，什么事儿都放在心里，让人猜不透。言妈妈想了想说："有些事急不得，得空的时候，我跟枳花谈谈。"

枳花和简皓约在了人民公园的门口，他不知道该怎么约会，在论坛上转了一圈，发现现在相亲谈恋爱都习惯选在人民公园。就像普通的情侣那样，欣赏湖光山色，牵手林荫小道，只是他忘了，庆市的盛夏八月，在太阳底下站两小时，保证晕倒。

她还没到人民公园门口，远远地，就看到简皓站在那里，站姿端正，可见他对这次约会的认真。只是太阳这么热，他竟然会选在没有任何阴凉的地方站着，真是个呆子！

枳花快步跑过去，他额头上都是细细密密的汗珠，她赶紧把他拽到一旁的树荫下。她没好气地说："你是笨蛋吗，树荫这么多，偏偏往太阳下头站，你这是在跟太阳比耐力吗！"

"我担心你看不到，我刚才站的位置，你在街那头一眼就可以看到。"

他说得一本正经，她扑哧笑出声来，行医的时候倒是头脑灵活，一到生活中，马上变成笨蛋一个。

他很自然地牵起她的手："我们进去吧。"

现在是上午九点，阳光已经爬得老高，公园里除了几个坚持晨练的人，大多数人都回去吹空调了。即使走在有树荫的地方，只走出一段，就出了一身的热汗，简皓侧头看着她，微微笑着。

她抹了一下额头的汗水，好在粉底是防水的，要不然早就花成鬼了，她噘着小嘴："你在笑什么？"

他正儿八经地出来约会，精心选的地方却煞风景，于是说："我们找个凉快的地方吧。"

公园旁边喝茶的地方很多，燥热的天气，里面坐了不少人。人民公园是庆市有名的相亲恋爱之地，枳花猜想，他选在这里，大概是在网上搜的，隐约记得曾经有条庆市的趣谈说过，当年修建公园，正是因为有相师说这里是块风水宝地，最易撮合婚姻。

简皓挑了一家色调明快的冷饮店，比较适合他们这样的年轻人。推门进去，枳花一眼就看到孔一夫和白薇薇，她过去打招呼，问："你们什么时候走到一块了？"

之前孔一夫还信誓旦旦地说过，不喜欢白薇薇这种女生，有时候缘分就是这么奇特，越是性格相斥的人，越有可能牵手一生。

白薇薇也打趣她："社长，你不也一样吗？还说要帮助同学，最后帮助成自己的男朋友了。"

孔一夫问："要不要一起？"

枳花刚要点头，简皓说：“不用了，我们坐那边。”

他语气急躁，似乎担心别人要破坏他的约会。孔一夫一愣：“兄弟，看来你已经尽得我的真传！”

简皓的脸微微一红，轻轻揽了一下枳花的肩头，示意他们去靠窗的座位。

坐下之后，简皓去买饮料，然后自己拿过来，他一直都记得，她喜欢喝橙汁。

窗台上放着几盆杜鹃花，在骄阳下依旧保持着娇艳的身姿，真是不容易，他问：“你看什么呢？”

她指了指那几盆杜鹃，说：“叶子很适合用来外敷，治疗疮症。”

说完她就笑了，平时总打趣他一根筋，三句话不离老本行，现在转移到自己身上了。

手里捧着冷饮，两人相视一笑，又不知道该说点什么，大概是有了恋爱的光环，就是这么对坐着，也不会觉得无聊。

顿了很久，他才问：“马上要开学了，你住校吗？”

枳花的脸一下就红了，什么意思，不住校难道还跟你住？同居？是不是太快了点？

简皓眉头微皱，好不容易鼓起勇气跟她聊天，他的本意是想问她还住在410室吗？他特地向孔一夫请教过，孔一夫说，和女孩子谈恋爱嘛，恋爱就是你侬我侬，恨不得天天黏在一起。早上，你就去宿舍门口等她出门，一起去教室，中午在食堂帮她买好饭，晚上帮她在自习室占位置，自习结束后再送她回宿舍。

日复一日，要让她觉得生活中没有了你，就像少了生活必需品一样。

简皓想了半天才说，我跟她都不在一个校区，怎么才能做到一起上课、下课、去食堂？

孔一夫一拍额头："大哥，你就不能先送了她，再去上课，然后中午再到本科的校区食堂吃饭？你的大长腿正好可以派上用场！

担心枳花会想歪，他赶紧解释："我们一起……"

枳花摆手："不行，绝对不一起。"

虽然心里是恨不得时时跟他黏在一起，但他们俩正式确立恋人关系是从今天开始的，她的内心还没有开放到恋爱第一天就跟人同居的。又想到他内心脆弱，于是她想了想说："我已经把下半学期的租金交了，好歹得住满吧。"

他心里一紧，看来她是真的误会了，赶紧说："不是那个意思，我是说开学那天，我来接你去学校。"

她笑了："好的。"

枳花一进店面，径直就看到言俊生坐在收银台旁边，一双眼睛瞪着她。她左右环顾，确定他的眼睛不是在看别人，于是打趣道："没见过？"

言俊生的语气凉凉的：“是没见过你这么春心荡漾的，今天中午吃饭，是不是假装自己饭量小？”

他捏着嗓子学她说话：“唉，不用，我吃不了这么多。”

他这是在讽刺她讨好对方，她白了他一眼：“我干吗要装，我又不胖，他说了，我这个样子最可爱。可见只要遇上对的人，什么都是好的，倒是你那些模特女朋友，个个都遂你的心，为何你现在还单着？”

今天天气热，两人在冷饮店里坐到午饭时间，就到隔壁的牛排店吃牛排。当时她还想着牛排的热量太高，吃了又会长肉，结果简皓随口一句“你要多吃一点，肉肉的才可爱”，让她完全打消了顾虑，可见，在喜欢的人面前，什么都是对的。

说完，她懒得再搭理言俊生，哼着小调就上楼去了。

言俊生提出主动学习“言正堂”的镇店之宝——延寿丹。本来这技术就是言家祖传下来的，传男不传女，原本以为只有枳花来继承的，儿子的改变让言爸爸很是开心，于是决定亲自教他。

一大清早，言爸爸就把言俊生叫进制药间，桌上整齐排列着一张张芦苇纸，纸上放着各种药材。言爸爸正要开始讲解，有店员进来说来了重要客人，需要他亲自去接待。

言爸爸只得把枳花从楼上叫下来，枳花牢固的知识功底，教教言俊生入门，游刃有余。

枳花指着桌子上的药材问言俊生：“先把你知道的说一遍。”

言俊生想了半天，十六味主药里，只说出了五种，在柜上蹲了一个多月，可见平时他的心思一点都没放在中药材上。

她拿起冬虫夏草，将虫草从中间截断，解释着：“现在市面上假虫草太多，真正品质上好的虫草中间部分有一条线，稀疏的小孔，这是虫草的肠道，是假虫草永远都仿冒不了的。”

她切下一小段，示意他尝尝味道。

言俊生把虫草放进嘴里，细细地咀嚼，说：“有一种甘甜的味道。”

她又拿起一味片状，如同干姜片一样的药材，说：“这是鹿茸，鹿角最顶端的位置是药性最好的部分……”

言俊生的目光从药材上慢慢往下，她的手指很白，一种很匀称的肉感，只是手掌的一侧，有厚厚的茧，应该是平时磨药的时候留下的，可见她日积月累的勤奋。

他第一次发现略带肉感的手也很漂亮、修长，给人一种丰盈的优雅，曾经酷爱的那种骨节分明的手反而像干枯的柴火，连他自己都惊讶，是他的审美发生变化了，还是基于对枳花的好感？

他赶紧拿过笔记本和笔，说：“你讲慢一点，我拿笔记记。”

枳花惊讶：“你是受了什么打击，懒散的德性都没了？”

怎么可能跟她说是阅尽千帆，终于觉得只有她最好，于是他白了她一眼，说：“人都会长大的嘛！”

回到学校，锦歌整个人黑了一圈，买了一大堆美白护肤品，桌子都快摆不下了。

锦歌抱怨着："早知道就不去了，天天待在大山里种采金银花的标本，什么东西都没学到，把自己晒得跟非洲人似的，我花了好几千块的面膜和美白霜，简直亏大了。"

枳花安抚着："万一程教授是想考验一下你们的耐心呢，至少还打了个照面，知道你这个人，以后考研究生，说不定就挑中你了。"

锦歌耸耸肩："我考不考研究生还另说呢！"

两人正聊着，枳花收到简皓发来的短信，问要不要一起吃晚饭。

锦歌瞟了她一眼，问："你这春心荡漾的笑，有什么我不知道的好事？"

她小声地说："我跟简皓在谈恋爱。"

锦歌担心自己听错了，重复着："你和简皓在谈恋爱？"

枳花点点头，笑起来的时候眼睛弯成两个小月亮，她提醒："小声点。"

锦歌挤着笑容说："和学校里的大帅哥谈恋爱，说出去多少人羡慕，小声干吗，就是要让大家知道。"

"他的性格太内向，低调一点比较好。"

知道枳花和简皓约了中午一起吃饭，锦歌嚷着也要去，宿舍的老规矩，谁谈恋爱，都要请客的。锦歌说：“还以为吃不上你这顿饭了，今天算是撞上了，哪能便宜你，而且我要吃贵的。”

锦歌挑了附近的海鲜大排档，这里的海鲜都是当天空运来的，非常新鲜，价格自然不菲。本来枳花说她请客的，但简皓不让，一定要他付。

锦歌眉飞色舞地说：“就让大帅哥付吧，我想能让他请吃饭的，这校园里恐怕没几个吧！”又看着枳花说，“在你没跟他谈恋爱之前，可是我一直在照顾你，想想我帮他照顾了这么久的媳妇儿，请这一顿，算便宜他了！”

锦歌素来巧舌如簧，把两人懵懵懂懂、细水长流的爱情说得天花乱坠。枳花轻轻瞟了一眼简皓，发现他同样用深情的目光看着自己，忍不住微微一笑。

锦歌不客气地要了帝王蟹、大龙虾，枳花赶紧递了个眼色，小声提醒：“是不是太多了，吃不完的。”

锦歌不以为然：“他又不差这点钱，你还不是他媳妇呢，就开始替他节约了。而且这能间接证明，他对你够不够大方，放心，吃不完打包当夜宵。”

枳花急得满头大汗，以前锦歌老是给她灌输男人对你用不用心，关键在于他肯不肯为你花钱，想着自己谈恋爱的概率不高，也就当成玩笑听听，没想到真轮到自己了，真担心简皓会认为她是个物质女，在心底深深地鄙视。

三个人，却七七八八摆了一大桌菜，锦歌是个话痨，桌子上有她，总是不会寂寞。但跟简皓这样的“闷葫芦”一起，话越多，就会突显出他的格格不入。

锦歌却一点都察觉不到饭桌上的沉默，叽叽喳喳地说着：“简师兄，知道爱情稳固的秘密吗？就是要对女朋友的闺蜜好，这样你们吵架红脸的时候，我才能好好担起桥梁作用。”

简皓弯起嘴角笑了笑。

一顿饭吃了两个多小时，锦歌也很识趣，吃完饭就借口有事先走了，留两人夕阳西下漫步回宿舍。

简皓是个安静惯了，也是个内心敏感的人，担心锦歌的无心之言会让他误解，于是枳花解释着：“自从分在一个宿舍，我就跟锦歌特别合得来，我们常常开玩笑，有时候会没轻没重的。”

“你以后别跟她走得太近。”他说。

早些时候去乡村义诊开始，他就觉得这个锦歌只长了一副好皮囊，背地里没少干损人利己的事，扔掉枳花管理的草药，上次枳花的考号单也是她调换的，只是苦于没有证据，他才只能藏在心底。枳花跟这样的人待在一起，背地里肯定没少被坑过，现在她是自己的女朋友，保护她，就是自己的责任。

听他这么一说，枳花心里一沉，糟糕，他真的在生锦歌的气了！

他是觉得这顿饭贵了吗？他真这么小心眼？

为了撮合自家儿子和枳花，言妈妈没少费心思，儿子最近一直在家里老老实实地跟着言爸爸学配药，这让言妈妈信心十足，觉得儿子勤奋之下，终于配得上优秀耀眼的枳花了。

言妈妈起了个早，亲自去市场上买牛肉，煮、炖、炒、卤，做了枳花最爱吃的牛肉干，让儿子送到学校去，跟枳花培养培养感情。

言妈妈虽然没有明说，但言俊生心领神会，拿着便当盒就去了。

自从高中那次跟枳花开了个“东方之猪”的大玩笑，两人的感情就处在一个很微妙的位置上，是兄妹，却没兄妹间的亲密。他知道，是自己设立了一道屏障，让她不再敢碰触跟他有关的任何东西。

其实把枳花从简皓那里抢过来，他是信心十足的，毕竟以前枳花很喜欢他。虽然这种喜欢被自己的年少无知给断送掉了，但他相信，只要深爱过，她心里不可能没有任何波澜，只要自己主动一点，对她多些呵护，多些照顾，她说不定就能回心转意。

路上，言俊生把车开得飞快，恨不得立即就飞到枳花的面前。

进了庆市中医大的校门，他有点迷路，枳花上了两年多的大学，这还是他第一次来学校看她，说来真是惭愧。

他把车刚停好，一个羽毛球向他飞了过来，好在球体很轻，他轻轻用手一挡，球就弹开了。

正要下车，一个女孩子冲过来：“你没事吧！”

言俊生眼前一亮，女孩子明眸善睐，高挑的身材，运动短裤下一双修长又健康的腿。他的老毛病又犯了，向着对方抛出挑逗的眼神：“没事。”

他弯下腰，主动捡起球递给对方：“看来我们挺有缘分的，你打球都能落到我头上。”

女孩子瞟了一眼他身后的车，问：“你好像不是我们学校的。”

“我来看我妹妹。”他又问，“你知道女生宿舍四栋怎么走？”

女孩子巧笑倩兮：“我就住四栋。”

“那你认识江枳花吗？”

女孩子眉头一挑，有些惊讶：“枳花有哥哥？”

言俊生讷闷，难道那丫头还在学校假装独生子女？

他一本正经：“货真价实的哥哥。”

女孩子指指西南方向：“那边第二栋，外墙是蓝色的。”

他挥挥手：“谢谢了。”

女孩子刚转身，他赶紧问：“女同学，你叫什么名字？”

女孩子笑了笑，没回答，但这笑容撩拨得言俊生心花怒放，看来自己还是很有市场的。

等女孩子走远了，他才想起来学校的正事，赶紧一路找过去。在宿舍楼下，他给枳花打电话，庆幸她在，自己没有白跑一趟。

枳花看他的眼神总是充满了防备：“你来做什么？”

他晃晃手里的便当袋：“妈让我给你送零食。”

她嘴一咧，一副不太相信的样子：“只是送零食。”

他双手一摊，一副吊儿郎当的样子：“我上门服务，牵手、接吻、暖床，经验超丰富的那种！”

她还是习惯和他斗嘴的样子，于是接过食盒：“谢谢啦！”

她转身就要上楼，言俊生赶紧叫住她：“我这么远开车送过来，你好歹请我喝杯水吧！”

枳花在旁边的小卖部买了两瓶农夫山泉，递一瓶给他：“请你喝。”

言俊生皱起眉头：“这么小气？”

“喝山泉水好，里面含有多种矿物质，有利于身体健康。”

为了跟他斗嘴，她已经练就了一副伶牙俐齿，让他处处甘拜下风。

他向她招招手：“你跟我来！”

旁边的香樟树下有一处石凳，他坐下之后，轻轻拍了拍旁边的位置，示意她坐过去。

最近言俊生的举动总是一反常态，对她的态度也温和了不少，于是她决定收起尖锐，听听他到底想干什么。

她坐了下来：“说吧！”

他比着手势：“我现在已经是洗心革面，重新做人了，你能不能对我的态度也温柔点？”

顿了一下，他又说：“我还是要向你道个歉，以前不懂事，又贪玩，才会拿你开玩笑，都好几年前的事儿了，你还记着干吗，不是给自己的心里找堵吗？而且那个时候，你的确又胖又黑，但现在不一样了，瘦了，皮肤白了，漂亮多了。”

第一次被言俊生夸漂亮，跟他平日的形象太不相符，这种别扭感让她起了一身鸡皮疙瘩。为了不让他继续讲下去，她说：“我明白你的意思，以后我说话会温柔些。”

自己意味深长地讲了这么多，她两句话就把自己打发了，完全没有按照他设想的进行，不行，他得把意思再挑明一下，刚要张口，就被枳花打断：“哥，我等会儿有课，不能迟到的，现在赶着回去收拾课本。”

这声亲切的“哥”已经表明她态度的缓和，他点点头：“去吧，回头再聊。”

晚上回到宿舍，锦歌问枳花：“你有个哥？”

想必是今天下午言俊生来的时候被锦歌撞见了，于是点点头：“是有个哥。”

“亲哥？”

“算是，也不是。”

一向聪明的锦歌犯起了糊涂，她解释说：“我是言家的养女。”

锦歌瞬间就明白了，又追问：“那他挺喜欢你吧，我看到他今天特地过来给你送东西。”

她耸耸肩：“他只是顺路。”

锦歌试探着问："他长得挺帅的，应该很受欢迎吧？"

她叹气："是很受欢迎，所以女朋友一个接一个地换，不过最近好像受了什么刺激，整个人都收敛不少。"

"是什么样的刺激？"

锦歌似乎对言俊生很感兴趣，她猜测着："你不会喜欢上他了吧，虽然你是他喜欢的那一款，但千万别上他的道，他太花心。"

"我只是随口问问，看你急得，像我要把你哥抢走一样！"锦歌假装无所谓，敷衍着把话题转移到她的身上。

白薇薇是劝学社里出勤率最高的，枳花打趣她："你不去把孔学长看紧点，小心煮熟的鸭子飞了。"

白薇薇显得有气无力："半熟，要飞也没办法。"

说到那天她和孔一夫的约会，白薇薇说："他只是向我表示一下感谢而已，用我去刺激了一下他的女神。"

一天，白薇薇正追着孔一夫跑的时候，遇到了迎香。

枳花问："哪个迎香？"

"就是那个名模。"

"她来我们学校了吗？"

白薇薇疑惑："你不知道吗，她是简皓的表妹。"

简皓的表妹是名模迎香，看来她得重新认识一下他，是不是跟他搭边的人都特别优秀。

孔一夫曾经自信满满地追求过简皓的表妹迎香，没想到被迎香无情地拒绝了。一向骄傲的他备受打击，有了心结，一心想找一个比迎香更优秀的女朋友，来证明自己没有失败。

遇到迎香的时候，孔一夫随手就抓了白薇薇来当挡箭牌。尽管白薇薇各方面都不如迎香，好在嘴甜爱笑，故意秀了一场恩爱，给孔一夫自卑的心理找了点安慰，为此，孔一夫才请她吃饭，算是“演戏”的酬劳。

白薇薇感叹：“明明可以随心所欲地生活，偏偏要在心里背这么大个包袱，累得慌，我看他也有病。”

值得高兴的是，孔一夫答应欠她一个人情，日后可以让他还，只要不是违反道德，违反法律的事儿，他都同意。

心里多了一个人，让实验室里的简皓不时地走神，枳花可爱的笑脸总是不由自主地冒出来，挤走脑袋里那一堆密集的数据。

同实验室的同学问：“简皓，你们那边对三七的几个样品的含量分析出来了吗？”

他没有回答，同学也猜出几分，嘀咕着：“我发现最近你有点心不在焉，是家里出了什么事吗？”

他摇摇头，表示否认。

他的数据报告不知道什么时候能出来，正是晚饭的点儿，其他人相约着吃晚饭去了，实验室只剩下简皓一个人。

枳花发来短信："有空一起吃晚饭吗？"

他回复着："在实验室。"

她回："我能过去看你吗？"

他还从来没有带过朋友来实验室，这里虽然规定严明，但还是有同学会把女朋友带进来小聚一会儿，想着只要在外间的休息室见一面就好，不会影响到工作。

于是他说："好的，我在C区405。"

"那我给你带一份晚餐吧，你喜欢吃什么？"

"素三鲜。"

二十分钟后，枳花就提着打包盒来了。刚才给简皓发短信，她可是酝酿了好久，才鼓足勇气说出来的。她从孔学长那里打听到，他每天都泡在实验室里，如果不是特别的事，是不会打断他做课题的。

她已经完全沉浸在这份爱情的憧憬中，一天不见如隔三秋，如果等他想起来见自己，岂不是黄花菜都凉了，所以她决定主动出击，就算见不了面，听听他的声音也好。

他是个素食爱好者，但长时间不摄取肉类蛋白质和肌肽也是不行的，所以她加了一份红烧肉。食堂的红烧肉做得最好，软糯得入口即化，让她一直减不了肥。

两人挤在休息室的小凳子上吃饭，要跟他聊天，几乎是不可能的，好在她已经习惯了跟他的相处方式，说着今天发生的趣事："今天老师讲了一味药，叫'王不留行'，写在黑板上的时候，好多同学都很惊讶，这个名字听着这么霸气，虽有王命，但不能留其行！大家就在猜，这味药是治什么的，是不是像武侠小说里的黑玉断续膏一样，能打通任督二脉的关键，还有同学说，能不能来两钱，结果老师问，同学，你有尿结石吗？”

她喜欢逗他笑，嘴角轻轻地一弯，优雅又迷人，没有辜负她的这段笑话。

这时，有人推门进来了，两个人同吃三份菜，一看就是情侣关系，便玩笑着：“简皓，难怪这两天你老是走神，原来是在想女朋友了！”

进来的人穿着跟简皓一样的白色制服，知道是同实验室的同学，枳花主动打起招呼：“你好，我叫江枳花，打扰到你们了，真是不好意思。”

同学很热情：“不会不会，之前我们还在好奇，将来会不会有女孩子把他给收了，没想到这个谜底这么快就揭晓了。”

同学仔细打量她，若有所思：“你看着好面熟。”

“我是中药系大三的。”

同学瞪大了眼睛：“我记起来，开放日上给大家表演制金箔丸的那个女孩子，你家是江北‘言正堂’，我没说错吧。”

她庆幸给他的同学留下的是好印象。

同学自我介绍：“我叫郝磊。”又说，“你们继续吃，我还有事呢。”说着，推开玻璃门，进了实验间。

枳花红着脸问："我在这里，会不会让你觉得尴尬？"

简皓赶紧摇头，她主动来看他，他求之不得，免得一个人在这里冥思苦想。

简皓给她夹菜，示意别管其他人，两人继续吃就好。

她小声问："这个星期你什么时候有假？"

这两个星期要把这次采集的青筒蒿的标本全部检测完，近半个月他都得泡在实验室里。枳花很会察言观色，发现他面有难色，就知道事儿多，于是安抚着他："没关系的，我这半个月课程也挺紧的，下个月我们去看枫叶吧。南山的枫叶快红了，到时候满山都是红色的。"

他突然轻轻把手覆在她的手上。小小的一个动作，她就像吃了定心丸似的，知道两人哪怕不见面，她也一直在他心里。

这时，门又从外面被推开，几个男同学看着两人亲昵的动作，笑起来："哇，千年铁树终于开花了！"

吓得枳花赶紧把手缩回来，藏在身后。

大家都很识趣，笑着往实验室走了。枳花担心大家会继续开简皓的玩笑，让他不自在，就开始收拾饭盒，说："我先走了，有事就给我发短信。"

还没收拾好，郝磊打开实验室的门说："教授今天大发慈悲，我们可以早点走。老规矩，简皓，你要请我们吃夜宵。"

简皓这次很爽快地点了头。

他们实验室里一共有八个学生，清一色的男生，大家都玩笑说他们这是“和尚”军团，常年做课题，不是在外面跑，找药方，就是泡在实验室里，根本就没时间，也没精力去找对象，就是想内部消化一下也没可能。

让大家最大跌眼镜的是，他们组里最内向、最不擅言辞，也最没可能谈恋爱的简皓第一个告别单身，所以一定要让他请吃饭，安慰一下大家“受伤”的心灵。

有同学提议：“我们别出去吃了，外面那条街的餐厅，环境没一家比得上我们院后头那个花园，让外卖把菜送过来，吃再晚，也不怕影响到别人。”

他们所说的“花园”，四周种的都是中药材，亭子是平时种药材时休息用的，里面的器具乱七八糟，枳花正要动手整理，简皓先她一步拿起扫帚簸箕，他的一只手轻轻将她拉到一边，一个同学笑着说：“枳花，你站着就好了，让你来干这种粗活，他舍不得。”

跟简皓待久了，尽管他话少，但一言一行，同学们早就学会了心领神会。

另一个叫倪春天的男同学抱着一个泡酒的玻璃坛子过来：“是时候把珍藏拿出来了！”

作为中医大学的骄傲，一株普普通通的草本植物在他们手里，总能千变万化出各种神奇的美味菜肴，来丰富他们的生活。倪春天说：“这个药酒的方子我是从一个赤脚医生那里买来的，今天特地拿来给大家尝尝，给提点意见。”

郝磊打趣对方：“你是拿我们当试验品吗？”

这只是玩笑话，在严谨的工作中，最新的药方常常会先拿自己来试药，才能清楚地感知药效，做最好的调整。

简皓是他们课题组第一个谈恋爱的，所以大家怎么会错过这个好好“宰”一顿的机会，大鱼大肉叫了一大桌。有人说：“大家放心地吃，我煮了凉茶，解腻。”

这就是跟一群中医研究生待在一起的好处。

把酒倒好，枳花刚要伸手去端酒杯，简皓眼疾手快地把她面前的酒杯端走了，全都倒进他的杯子里。

制酒的同学说：“女孩子喝一点，没事。”

简皓牢牢地拿着酒杯，就是不给她。担心同学会觉得他太固执不合群，于是枳花解围：“我喝酒会过敏的，不好意思，他本来是想说这个的。”

“好说好说，我给你弄点百香果汁。昨天帮农科院做项目的那个组搞出来一个百香果茶饮，我刚好路过，送了我几罐，我尝了尝，味道还不错，甜而不腻，很适合女孩子喝。”

吃着可口的菜肴，三杯酒下肚，有人就讲起笑话来：“在我小的时候，有个算命先生说我长大之后，天天与山珍海味为伴，出门就可以看到绿树成荫，百花齐放，我妈可高兴了，觉得我将来肯定有出息，住在有森林的大别墅里，吃大餐，抱美女，所以我一直发奋读书，以为只要成绩好，就能预言成真。现在才发现，那先生算得真准，我天天都跟灵芝、松茸打交道，可那都不是我的。”

有人打趣：“那你什么时候有海鲜了？”

同学叹着气：“昆布不就是海鲜吗！”

大家笑起来，气氛活跃了很多。

枳花觉得他们课题组的气氛挺好，在实验室工作的时候，大家都铆足了劲，全心全意投入课题当中，放松下来，虽然会吐槽抱怨，却只把它当成一种减轻压力的方式。

郝磊看着枳花，笑着说：“你别看简皓一天到晚不说话，其实他话挺多的，有天我看到他跟三楼露台上那盆杜鹃花嘀咕了半天。”

其实枳花早有察觉，简皓话少，但性格一点都不内向，甚至还非常热情，特别是在帮助别人的时候，心思细腻。她和他聊过天，除了紧张之外，他的用词得当、思路清晰，至于他为什么表现出来的是一副沉默寡言、人情淡漠的样子，不得而知，她也不知道该从哪里问起。

枯燥的生活，一群男孩子在那里聊天，从《黄帝内经》聊到中医禁忌，再聊病理。一个同学无聊到空余的时候，为了证明在不同天气，不同土壤中长成的同种本草，成分质量会有所差别，就真的在宿舍搞了一个温度控制箱，还特地跑到大北方去刨了一袋泥土回来，天天定时定温，硬是看着草株从发芽到结果。

很多人认为学霸的生活会很精彩，其实枯燥又消磨耐性。

为了不影响第二天的工作，十点钟，大家就散了。简皓不住在学校宿舍，他说：“我先送你回去，然后我再回家。”

枳花心疼他的辛苦，于是说：“我先送你回去。”说完马上愣住了，糟了，会不会让他以为自己想去他家，大半夜的，孤男寡女，让他觉得自己有某种暗示？

她正要改口，他却突然说：“好吧。”

枳花瞪大了眼睛，难道他在对自己暗示？

话已经说出口，她只能硬着头皮跟他走。

这个时段，很多同学都待在宿舍里，所以走在校园的小径上，偶尔才有一两个人经过，风吹动枝丫，沙沙作响。

简皓很自然地牵起她的手，她赶紧往他身侧靠了靠。

恋爱会让人变得特别黏糊，就是想时时刻刻在一起，还会让人变得喜欢依赖，想软软地靠在他的肩头。

简皓左右环顾，发现周围没有人，迅速把她拉到一株香樟木的后面，低下头，用力吻住她的唇。

为了配合她的身高，他把腰弯得很低。

她突然笑了，他问：“你笑什么？”

“笑你是个傻瓜，你明明可以找到更优秀的女孩子，却偏偏选了我这棵胖栗树。”她心里却是自豪的，你这棵优秀的校草，长来长去，还是被我这棵胖栗树给拐走了。

Chapter 10
桔花与桔梗的般配

言俊生又来学校找枳花，昨天他路过三生广场的时候，一家珠宝店正在搞促销活动。现在的女孩子，谁还没有点首饰，偏偏枳花双手空空，连指甲油都不涂，想着珠宝首饰对女孩子都很有诱惑力，于是他进店买了一条粉水晶的手链。跟枳花生活了十多年，她的喜好，他竟然一点都不知道，只觉得那粉水晶晶莹剔透，半点杂质都没有，她应该会很喜欢。

刚走到女生宿舍门口，就听到有人在叫他的名字。他仔细一看，是那天在停车场遇到的女孩子，自己好像没跟对方提起过名字，于是问："你认识我？"

"我跟枳花是室友。"

既然是室友就好说话了，他说："你去帮我叫枳花下来一趟吧。"

瞟了一眼他手里拿着包装精美的礼品盒，她问："今天是什么节日吗，你跑来送枳花东西。"

"就是想送她东西。"

"你喜欢她？"

言俊生有点不耐烦："麻烦你帮我叫一下枳花。"

锦歌双手抱臂："急什么，心急吃不了热豆腐，枳花不在，跟简皓出去了。”

他马上变得沮丧起来。

锦歌又说：“以前都不见你来，现在巴巴地跑过来，好像已经晚了。作为她的室友，我请你去旁边喝点饮料，等等她呗。”

如果放在以前，言俊生肯定会去的，他不会错过任何一个可以泡漂亮女孩子的机会。只是现在，他已经倦了，美丽的皮囊下面，未必有着能跟他同甘共苦的恒心。

面前的女孩子是很漂亮，跟他以前交往的那些女朋友不相上下，可那又怎么样，他告诫自己，别再给枳花留下坏印象，尤其是她的闺蜜，一点屁事都能传个遍。

他对锦歌说：“我先走了，麻烦你给枳花带个话，就说我下午来找过她。”

看着他远去的背影，锦歌有点生气，现在的男人是怎么了，有美女投怀送抱都视而不见？

言俊生往停车场走，远远地，就看到了简皓。他只见过简皓两次，但情敌见面，记忆犹新，化成灰都认得。简皓背着背包，夹着书本，独自一人，看来刚才那个女孩子是骗他的，枳花根本就没跟简皓在一起。

但枳花的心，的确是被简皓拐走了。

不，他不能安安静静地跟对方竞争，低调完全不是他的个性，于是他快步追上去："简皓，你等等。"

简皓回过头，一眼就认出对方是枳花的哥哥，之前去"言正堂"的时候见过，说话不怎么好听。

他问："有什么事吗？"

"找个安静的地方说话。"

对方一本正经的样子，简皓在心里猜测，他是不是要说对妹妹好点之类的话。

言俊生对周围的环境陌生，东穿西窜，把简皓带到一个小操场上，转身对他说："我以后是要娶枳花的。"

简皓瞪大了眼睛："你是她哥哥。"

"不是亲生的哥哥，我们没有血缘关系的。你要知道，我爸妈从小都是把她当媳妇来养的，所以你最好赶紧退出，因为到时我爸妈也不会同意的。"

他的这些话，在简皓看来都是废话，现代社会，婚姻恋爱自由，哪里还有父母包办，强扭的瓜不甜。

他向对方微微弯腰，算是客气地道别。只是没想到他懒得争辩的行为，在言俊生看来，是无视，和不屑把自己当成对手。

他上去拽住简皓："你这人，态度怎么这么恶劣！"

简皓不喜欢跟这种无法控制情绪的人纠缠，他伸手想把对方推开，手刚一碰到对方的胸口，并没有使很大的劲，对方却往后退了两步，重心不稳，倒在了地上。

言俊生受伤了，头上缠着厚厚的纱布，躺在学校医务室的沙发上，哀声连连。

枳花关切地问：“感觉怎么样？”

“缝了六针，你说怎么样？”

针是老师缝的，做不了假，如果他坚持要向简皓追责，简皓肯定是要被学校记过的。

她说：“我送你回去。”

言俊生不依不饶：“那怎么行，这伤是被简皓那小子推的，我额头上肯定是要留疤的，不能就这么算了。”

“他又不是故意的。”

觉得她在包庇简皓，言俊生更不乐意了：“你喜欢他是一回事，他打伤我是另外一回事，不能相提并论！”

“你就不能看在我的面子上，原谅他吗？”言俊生受了伤，她看着心疼，但直觉告诉她，简皓并不是个会恶意伤人的人。

“不行。”言俊生一副要伸张正义的样子，“谁犯了错，就得自己承担责任，这句话是谁经常在我面前说来着！”

她知道他是个犟脾气，越说越喜欢对着干，她说：“随你吧，你现在是要留在这里，还是回家？”

“我要告状！”

刚才言俊生受伤之后，躺在地上一边呻吟，一边滚来滚去，引来不少同学的围观。不知道是谁把这事捅到教导主任那里，教导主任就奔医务室来了。

言俊生赶紧上前“告状”，说是来学校看妹妹，结果被一个“神经病”给推了一把，后脑勺磕到了。

简皓就在医务室外面，教导主任把他拉到一边，问：“到底是怎么回事？”

他刚才的确推了言俊生，但力道很轻，不知道为什么对方会跌得这么重。他无从解释，也不擅长解释，只能沉默地站在那里。

枳花着急了，想到自己能跟他多沟通几句，于是对教导主任说：“我有很重要的事跟他说，过一会儿，我一定让他给您解释清楚。”

她把简皓拽出三米远，小声问：“我知道你不是那种冲动的人，只要你说不是你推的，我一定会找证据证明你的清白。”

简皓微微皱着眉头，再一次有口难言。

言俊生远远看到枳花亲密地跟简皓站在一起，交头接耳，八成是在想办法对付自己。他心里吃味儿，于是对着教导主任嚷起来：“老师，你不能因为他是熟人就网开一面，否则我要投诉的。”

看简皓为难的样子，她也不想再逼他，只想着赶快把言俊生弄走，这家伙以唯恐天下不乱为乐。

她快步来到言俊生旁边，扶着他的胳膊说：“我先送你回去，这事儿学校会给答复的。”

言俊生不乐意：“不行，万一他们包庇怎么办？”

以前这家伙胡搅蛮缠，她大可以耸耸肩，不理他。可今天关系到简皓的声誉和学业，她不得不耐住性子，软言细语下去，有点秀才遇到兵，有理说不清。

她说：“你当我们学校是什么地方呢？你爱走不走，不走我先走了。”

言俊生正想着借口受伤，让她好好照顾自己，再嘀咕，说不定她真走了，于是说：“好，我们现在回去，反正我不会轻易罢休的！”

她说：“我们搭出租车回去。”

言俊生说：“不用，我开车回去。”

瞥见他脸上闪过的那一瞬兴高采烈，她问：“你在高兴什么？”

他瞪大了眼睛：“哪有？”又说，“快走吧。”

她坚持不让他开车：“你头受了伤，要是在车上头晕目眩怎么办，我可不想拿命来开玩笑。”

一进家门，言爸爸就看到言俊生头上包扎的纱布，赶紧过来问：“你又出去皮了？”

言俊生没好气地说：“这都是枳花那个男朋友弄的！”

言爸爸半信半疑：“会吗？”

言俊生顿时觉得委屈起来：“爸，你竟然不相信自己的儿子！”

谁让他以往的形象太糟糕，撒谎、泡妞，浪费钱，形象是别人给的，有时候也是自己凑上去丢的。

言爸爸还是相信枳花，问：“到底怎么回事？”

她也不敢确定，只说：“说是跟简皓有关，学校正在调查呢。”

为了不让言俊生在父母面前火上浇油，她赶紧把对方拖回房间：“都伤成这样了，还不消停？”

“生气！”言俊生双手抱臂，“有句话叫作路遥知马力，日久见人心。我对你好，你半点不领情，偏偏胳膊肘往外拐，跟那小子才认识多久，尽帮他说话，简直就是见色忘义！”

“学校会调查清楚的，你急什么急，自己好好休息。”

她转身就往外走，言俊生赶紧叫住她：“你就这么走了？”

“不走留下来干什么，看你这双死鱼眼吗？”

言俊生眼睛本来就大，生气的时候鼓起，像楼下言爸爸养的金鱼。

“我这伤好歹是因为去学校看你才弄成这样的，出于歉意，你是不是该照顾我一下？”

她不客气地白了他一眼：“我有求你去学校看我吗？最近也不知道你是怎么了，老是往我学校跑，是有让你心仪的妹子？”

自己的用心被她当成坏心，听着气就不打一处来，他说：“对，我是有心仪的妹子，那人就是你。”

如果放在以前，他这么说，她肯定会以为是一句玩笑话，然后和他对呛起来，但此时他的表情一本正经，还带着不被理解的生气，让她愣住了。

他喜欢自己？有点不可思议，她挤着笑容：“你开玩笑的吧。”

他生气不被理解，眼珠都快瞪出来了：“原来上次我说的话你都当耳边风了，我现在再申明一次，我以前是个浑蛋，爱玩，没心没肺，没责任感，我也受到了惩罚，改过自新了。我现在喜欢你，很喜欢。”

她已经习惯以前那个说话不正经，又喜欢插科打诨、胡搅蛮缠的言俊生，无论说什么、做什么，都可以不往心里去，一笑而过，现在这几句正经又严肃的话，反而让她无从应对，尴尬万分。

看到她的表情凝重起来，知道她是在认真听自己说话了，于是他继续说着：“我能不能收回以前那些话，你虽然算不上很漂亮，但是非常可爱，非常耐看，最重要的是善解人意。人生的伴侣，光有张漂亮的脸有什么用，要知心知己，才能感觉到幸福。”

“可是我……”喜欢简皓那几个字没有说出来，这个时候她提这个名字或许会刺激到他，所以全咽回喉咙里。

言俊生是个急性子，这么真诚的表白，得有个满意的答案才算得上完美的爱情桥段，但她闭口不说话，他有点急：“你什么？”

难得他真诚一回，如果直白地拒绝，可能会让他没有面子，于是她用玩笑的口气说：“知道了，你自己好好休息吧，回头我托人去问问，看有没有什么药可以消除疤痕的。每次出门都得对着镜子换几套衣服，摆几个造型的人，你那点爱美之心，我可是从小看到大的。”

快步走出言俊生的房间，门外的走廊上，她的背紧紧地贴着墙，深深吸了口气。对于言俊生刚才那一番表白，她还没有完全消化掉，老天爷还真会开玩笑，以前她追着他的时候，他把她看成脚下的土，这会儿她找到喜欢的人了，他又把她视为落尘的珍珠。她不得不感叹，人，有时候就有这么贱！

言妈妈心疼儿子，在打开纱布看了之后，安慰着：“别担心，让你爸配一点去疤痕的药，你只要坚持擦，应该能长出头发。”又担忧地问，“听你爸说，你这伤口是跟简皓打架来的？”

言俊生依旧不忘告状：“谁跟他打架了，是他推我的。”

言妈妈不是不讲理的人，而且简皓来过店里，给她的印象很不错，少言寡语，文质彬彬，一点都不像个打架的人。以她对儿子的了解，说儿子在外打架，她会比较相信。

言俊生的火气又上来了：“妈，你就这么看低你儿子？”

枳花站在旁边不知道该说什么，虽然简皓偶尔会有些怪异的行为，但就他的品行而言，想必也事出有因，当时具体发生了什么，还没有调查结果，不能妄下结论。她安抚言俊生：“受伤了就好好地养着，动不动就气呼呼的，当心茶酚肽升高，引起中枢神经紊乱。”

言俊生赶紧闭了嘴，虽然他不知道这其中的关联，但枳花好歹是个学霸，而且她从不拿中医药方面的知识开玩笑，万一她说的是真的呢，都说养病心态最重要，心平气和往往康复得快一些。

晚上，枳花给锦歌打电话，因为离开学校的时候，她给锦歌发了条短信，让锦歌帮忙去看看简皓的情况，顺便去教导处打听一下这起打架事件的进展。要调查经过，总会去调监控或者找目击证人等等，只要有这些，就真相大白了。

锦歌回复她："教导处已经调了监控，事发的时候，两个人的确发生了冲突，而且视频上可以清楚地看到简皓推了你哥，你哥没站稳，往后倒的时候磕到了花坛。事情已经闹出去了，除非你哥不计较，才能减轻处罚。"

她回复："让我想想吧。"

锦歌借口帮枳花探望情况，敲开了简皓公寓的门。开门的那一刻，她发现对方表情略带着沮丧，于是说："枳花现在有事，来不了，所以托我来看看你。"

简皓很不喜欢锦歌的为人，但想到是枳花让她来的，而且他想知道枳花现在的情况，就让她进来了。

锦歌眼尖，虽然简皓公寓的陈设简单，但她很快就看出了不简单的地方，比如墙上挂的那幅民族人物图就出自近代有名的画家史国良，还有茶几上放着的那套景泰蓝茶具，也价值不菲。她觉得简皓才是真正的潜力股，只要一抓住，只涨不跌。

她打趣着对方："客人来了，你都不倒茶招待的吗？"

他到保鲜柜里拿了一瓶矿泉水给她，家里就只有这个。

锦歌看到柜子里放着一瓶腌好的梅子茶，指了指说："这是枳花送给你的吧，我不喜欢喝矿泉水，请我喝茶吧。"

枳花就送了他这么一罐，他当宝贝似的放着，自己都舍不得，更不可能用来招待一个并不受欢迎的人。

他急切地问："枳花怎么样了？"

锦歌一改轻松玩笑的语气，严肃地说："她现在在家里陪着她哥，我上次都跟你说清楚了，你还不相信，别自讨没趣了。接下来为了不让你难过，她肯定会跟你说，她要忙一段时间，最好少见面。"

锦歌一边说话，一双漂亮的大眼睛忽闪忽闪地看着他。简皓对于锦歌深情的注目，丝毫不在意，满心就只有枳花，很想去看看她，又担心见到言俊生会再发生冲突，让她夹在中间，左右为难。

简皓是唯一让锦歌感受到挫败的人，这个男人光长脸不长脑子吗？哪个男生不喜欢漂亮的女孩子，不仅有美丽的皮囊，灵魂也很有趣，为什么他就不肯静下心来欣赏一下？

他说："我要睡觉了。"

这明显是在下逐客令，锦歌也不是不要面子死缠烂打的人，她喜欢以退为进，于是起身说："好吧，你也早点休息，主任那边，我会去帮你说情的。”

离开简皓家，走到楼下，锦歌气得直跺脚，她就没看出枳花哪里好，除了成绩拿得出手，但成绩好又不能代表生活会有乐趣。

她处处好强，不落人后，为的就是将来能找一个同样优秀的男人，并肩而立，这个男孩子是她心仪的，也是最合适的一个，精诚所至，她就不信自己没能耐抓住这个男孩子的心。

回到宿舍，锦歌给枳花打电话，说简皓一切都好，只是在等教务处那边的处理结果。锦歌假装非常担忧地说：“如果他被记过，势必会影响他的考评，你也知道，对于留校当老师，影响会很大。”

锦歌聪明，一向是她的智囊，枳花央求着：“你帮我想想办法吧。”

锦歌问：“你哥是不是喜欢你？”

枳花脸一红，没想到锦歌连这个都看出来了。见她顿住了，锦歌说：“我猜对了吗？成年人打架只为两个原因，一个是情，一个是钱，他俩都是不差钱的人，肯定只有为情了，所以你是关键。”

“那我要怎么办？”

“对你哥好一点呗，男人在喜欢的人面前可以是言听计从的软骨头，也可能变成情绪暴躁的莽汉，他跟简皓起冲突是为了什么？还不是吃你的醋，你让他这口气顺了，去教务处说是他自己一时冲动，简皓不就没事了。”

言俊生可不是这么好说话的人。

锦歌又开导着：“难道你想简皓不能顺利毕业？”

“好的，我去试试。”

锦歌恨铁不钢地说：“你说话能不能有点底气，什么叫试试，一定要成功，简皓的未来可不能有一点闪失。”

“那我要怎么做？”去哄一个男人比考试答辩难多了。

“这段时间你先别和简皓见面，多在你哥面前转悠，给他换换药，煲煲汤，有空的时候再说两句动听的，只要他一高兴，什么事儿都好说。”

她脑海里立即浮现出她给言俊生煮汤，学着他哄那些女孩子的话，什么一日不见，如隔三秋，再甜的饮料都不如你甜之类的话，顿时起一身鸡皮疙瘩，她不禁打了个寒噤，办不到，绝对办不到！

快要睡觉的时候，收到简皓发来的信息，说想她。

她赶紧回复一朵玫瑰花，刚输上去，又觉得太老土，于是换成了唇印。

一大清早，枳花就起来找中药，大血藤250克、当归100克、丹参、红花各50克，用锅熬水，再用白色的纱布浸湿后，拿去给言俊生敷伤口。

那味儿很不好闻，言俊生皱起眉头：“真的会有效果吗？”

“我以前胳膊上被锐器划伤过，就是敷这个去疤痕的，你先试试呗，如果没有效果，还有其他药方。”

她的手又轻又柔，比昨天那个上药的医生温柔多了，甚至还有点舒服，言俊生闭上眼睛，安静地享受着。

为了让伤口愈合快一些，言妈妈一大早就炖了猪脚汤，走到房门口，看到枳花正弯腰给言俊生换药，她把头放得很低很低，几乎要碰到他的发顶，这动作暧昧又暖心。大概是不小心碰到伤口的地方，略微有些痛，言俊生忍不住哼了一声，她会说：“一个大男人，这点痛有什么好大呼小叫的。”

“好，我忍着。”言俊生就赶紧闭了嘴。

看来儿子的倔强脾气，也只有枳花镇得住。不想打破这和谐的画面，言妈妈赶紧往楼梯口退，不小心碰到正上楼来的言爸爸，言爸爸爱怜地问：“怎么又开始犯迷糊了！”

两个人从青葱岁月一路走来，爱的激情从来没有减退过，虽然这个家一直由言妈妈在当，但言爸爸看她的眼神，永远都像在看一个小女孩一样。

言妈妈比了一个安静的手势，拉着他下楼，然后说：“现在枳花正在房间里给俊生换药呢，让我想起以前你在学校踢球的时候，老是把膝盖磕破，也不去医务室，老是找我帮你擦药。那个时候你是故意的吧，就想着多点机会接近我。”

言爸爸傻傻地笑。

言妈妈一脸期待：“希望他俩能像我们一样。”

言爸爸有不同的看法："你别瞎掺和，简皓就很不错，枳花又很喜欢他，俊生没戏！"

言妈妈白了一眼丈夫："怎么说话呢，这么贬低自己儿子。"

"这不是贬低，谁让你儿子以前那么混账，尽干些伤人心的事。"

"浪子回头金不换，你懂不懂！"

跟女人斗嘴，就好比对牛弹琴，与其惹对方生气，不如知难而退，什么都不说，这是言爸爸这些年总结出来的相处之道。他说："你慢慢换，店里还有事，我先去了。"

换完药，枳花问："你想吃什么吗？我今天没课，可以在家里做。"

言俊生喜出望外，不过转念一想，脸又沉下来："无事献殷勤，非奸即盗。"

她没好气地瞪了他一眼："想对你好点，还这么多废话，就当我没说过。"

她拿起药箱转身就走，言俊生伸手赶紧环住她的腰，就像到手的宝贝马上要飞了似的，他想了想说："想喝酸梅汤。"

"这个天喝酸梅汤有点凉。"

"我是喜欢那个味道，跟凉不凉没关系。"

每年四月，枳花会跟着言爸爸去广东普宁买青梅，然后就在当地的农家架一个土灶，把新鲜的青梅烤制成发黑的乌梅，一些入药，一些就用来煮酸梅汤。

乌梅的味道很好，所以往往等不到来年四月就吃光了。她去药柜里抓了一把，再配上甘草、桂花和冰糖，言妈妈凑过来，一看这些药材就知道她要煮酸梅汤给那个馋儿子。言妈妈打算推波助澜一番，于是支在柜台上说："枳花，我看就只有你能治得住我那个犟脾气的儿子。"

枳花素来缺心眼，听不懂这话里的意思，于是玩笑着："他是因为受伤了才这么消停，过两天头上的伤口一好，说不定又没影了。"

"所以才得找个人治治他。"言妈妈一针见血。

煮酸梅汤跟煎药一样，慢工出细活，把材料放进锅里，加水烧开，再慢火煮四十分钟，要把水煮到原来的三分之一后，再加三分之二的水继续煮，担心会煮干，她就只能在锅边守着。

这两天简皓一直跟枳花有短信来往，内容跟以前发的差不多，话少，表情丰富，学霸的思维都丰富，两个人能从简单的短信表情中读出许多有趣的信息。但这两天，不知道是不是锦歌的话起了作用，还是他的自卑心理在作祟，觉得这样的交流方式只是敷衍，让他更加想知道枳花内心的想法。

犹豫再三，他决定拨个电话过去，听听她的声音，也听听她真实的想法。

看到电话的显示屏上是"简皓"的名字，枳花挺惊喜的，他几乎不用语音，想到有两天没见了，听听他的声音就会像打了强心针一样，精神振奋，她赶紧接通。

“你……”他不知道该怎么问。

“你这两天怎么样了？”她能感知到，他俩关心的问题是一样的。

“我……”他很想她，可话到嘴边，又不知道该如何表达。

这时，电话那头，他听到了言俊生的声音，对方在问枳花，汤煮好了没有，枳花回应着，马上就好。很普通的对话，可他听到了轻快的笑声、愉悦的气氛，他安慰自己，枳花对谁都是笑眯眯的，跟她沟通说话，谁都会心情畅快。

他正在发愣，枳花突然说：“我先挂了，回头再联系。”

手机里传来“嘟嘟”声，他还愣在那里，沮丧从心里钻出来，锦歌的话像咒语一样在脑袋里打转，她没空跟他说话，是怕言俊生会不高兴吗？

他再打过去，那头已经关机了，他心里升起一种恐慌，担心这种恐慌会连续不断地涌出来，麻痹全身。他决定去实验室，只有在那里，才能赶走不良情绪。

枳花生气地把手机从酸梅汤里捞出来，眼睛像要喷出一把火，把言俊生直接烧成灰，她说：“我的手机完蛋了。”

她刚挂电话，言俊生就伸手过来火急火燎地想捞锅里的乌梅吃，担心他会烫到，她眼疾手快地想扶他一把，结果手机直直掉进了锅里，捞起来的时候已经黑屏，使劲按开机键，它却宣告彻底停工了。

言俊生毫不在意："我赔一部给你就是了。"

"哦，原来你这么大方呀！"她故意酸他，一毛钱不赚，花起来却一点也不手软，真好意思！

精心煮的这锅汤是不能要了，她要倒掉重做，言俊生却不让："不用这么麻烦，说不定加了手机，味道会更好。"

他什么时候变得这么不讲究了？以前衣服上一个小灰点都得赶紧回家换，水果上有发软的印子也绝不下口。她申明："手机很脏的，有次我上卫生间没有洗手，就直接拿手里了。"

他白了她一眼："算了，你重新做吧！"

现在的人，没了手机就等于没了人生的乐趣，趁着枳花重新煮汤的时间，言俊生直奔附近的手机专卖店，他打算给她买一部跟自己同款的手机，这样才像情侣。他的手机是蓝色的，索性就给她买了部粉色，还把自己手机的同款手办系在给她的手机上。

枳花把酸梅汤端到他面前，他把手机递出去："给！"

手机是新的，上面吊着的手办还是她以前问他要过，被断然拒绝的那个，反正手机是他弄坏的，赔一部也是正常。她不客气地接过来："谢了！"

「金银花」

Jin Yin Hua

别名：忍冬、鸳鸯藤

性甘寒，气芳香，善清解血毒。

一蒂二花，
两条花蕊探在外，
如你我成双成对，
形影不离。

「紫藤」

别名：藤萝、黄环

在漫长的时光里，
我将你牢牢缠绕，
因为除了你，
谁都不行。

「人参」

别名：地精、人葠

禀阴凉，味甘微寒，百草之王。

我生性孤傲，
盼望着有一个人，
能给我春日暖阳，
夏雨和风，秋霜滋润，
冬雪良辰。

「红枣」

别名：密花核实

如果你愿意去了解我，
你会发现，
我已经存在于你生活的
每一个细微末节中。

她坏掉的手机还是简皓送的，刚才她心痛了好半天，下次遇到简皓，还不知道该怎么解释，那是他送她的第一件东西，她一直当作定情物在用，可坏掉就是坏掉，修也没用。

她把卡取出来装进新手机里，再给简皓拨过去，但那头已经关机了，她猜测着他一定是去实验室了。

孔一夫给枳花打电话，简皓出了这么大的事儿，竟然没见着她的人影儿。

她回复说待在家里，打架的事儿教务处肯定会如实处理，为了不让简皓的学业生涯有记过的处分，眼下她认为安抚言俊生，让他主动和解是最重要的。

回到学校，她就去学生会找孔一夫，孔一夫问："简皓怎么样了？"

那天打了一通电话后，就联系不上他人了，估计是待在实验室里发泄郁闷的心情，每个人都有发泄的方式，所以，她会适当地给他空间。

她问孔一夫："你是学生会会长，教务处打算怎么处理，你应该比较清楚。"

孔一夫拷贝了那段监控录像，拿给枳花看。画面正对着简皓，比背对的言俊生高出一个头，也正如锦歌所说，两人不知道说了什么，言俊生先对简皓动了手。

因为视线的遮挡，看不清两人的手是什么样的动作，不过几秒钟过后，言俊生往后一倒，头磕到旁边花坛上，随后，简皓还蹲下去帮忙查看伤口。

她问："有没有侧面的监控。"

"没有，那地方就只有这一个监控摄像头。"

她自行按了发送键，把这段视频发送到自己的手机上。

她跟孔一夫挥挥手："我不想妨碍你跟薇薇花前月下，我去找简皓了！"

基于枳花平时的好人缘，嘴又甜，跟门卫打了个招呼，她就进去了。推开实验室的门，简皓对着电脑的显示屏坐着，他应该是在思考，所以显示屏的文档一动不动。

实验室里只有他一个人，她想逗他一下，于是蹑手蹑脚地走过去，还没走到他的身后，他就察觉到转过身。从简皓惊喜的表情里，她能读出："枳花，你来了！"

他太聪明，聪明得任何事都喜欢用逻辑思维来解决，想创造一点小惊喜都没机会。这个时候他应该假装不知道，等她从身后抱住他的时候，再惊喜地说，呀，怎么是你，或者，哎呀，吓死我了！

他头发乱七八糟，还有点出油，眼皮都变成三层，她猜测可能是心里烦乱，就干脆泡在实验室里，希望这里隔绝的氛围能把烦恼也挡在外面。

她想伸手摸他的脸，手伸在半空中，想着女孩子还是应该矜持一点，只是用食指在他太阳穴轻轻一点：“快回去睡觉。”

简皓在实验室里待了三天，繁杂的数据、堆积的测试都没办法让他心平气和下来，只有在看到她的这一瞬，他的心突然豁然开朗了。

枳花拽住他的手，想陪他一起回公寓。这时，她的手机响了，是言俊生打来的，一接通，他就在那边吆喝：“你给我涂的什么药，疤痕越来越深了！”

她纳闷，那个药即使没有效果也不会越来越深，是不是他吃错什么东西，为了谨慎，还是回去看看。

挂断电话，她对简皓说：“乖乖回去洗澡睡觉，明天下午我来看你。”说完，挥了挥手，快步跑了。

简皓很清楚地看到她用了新手机，新手机上还挂着新玩偶。他送的手机不过才两个多月，不可能这么快就坏了，即使坏了，她也应该提前告诉他一声。而且他清楚地记得，那天他问言俊生借手机的时候，言俊生的手机分明跟枳花现在用的是同款，而且吊坠上的玩偶是一对。

一种前所未有的危机感让他惴惴不安起来。

枳花火急火燎地赶回家，言俊生正躺在床上玩游戏机，她气得一把抢过游戏机，没好气地说：“电话里不是要死了吗！又哭又叫的，好意思把我骗回来！”

言俊生嘟着嘴："我哪里有骗你，我伤口痛是真的，不信你看看，一点好转的样子都没有。"

她双手叉腰，无奈地说："你以为擦的是灵丹仙方，一眨眼就好了。"

言俊生像只黏人的树懒，黏着她："我今天想吃藕粉羹，你给我做吧。"

"我去超市给你买一大盒，你慢慢吃。"

"我要吃现做的那种。"

他捏着嗓子撒娇的声音就像金刚芭比，让她起了一身的鸡皮疙瘩。

她觉得言俊生才是不折不扣磨人的小妖精，手工藕粉材料简单，却制作烦琐。她说："我没空，这两天学校课多。"

言俊生拿出绝招："做给我吃吧，等你做完，要什么给什么。"

以前只要他说这话，那些女孩子都会高兴地向他要包包、首饰之类的，高兴得不行。

她脑海里浮现出简皓憔悴的样子，整天待在实验室里，大概就是怕被学校处分，影响毕业留校。于是她说："一言为定。"

没想到这招对枳花也好用，言俊正举起一只手，跟发誓似的："君子一言，驷马难追！"

这个时节正是新鲜莲藕上市的时候，把新鲜的藕洗干净，切碎放进榨汁机里，打成汁末后，再用纱布来过滤。过滤这功夫细碎又消磨时间，要让剩下的糊又清又白，跟豆腐花似的，才算成功。

枳花收到简皓发来的短信，想约她见个面。明天有课，晚上她就回学校去，于是回复：“明天下午吧，我们一起吃晚饭。”

她正发着短信，言妈妈不知道什么时候已经站在她的身后，笑着说：“你这丫头，看什么呢，笑得这么开心！”

她跟简皓恋爱这事家里人都知道，她也不瞒什么，笑着说：“是简皓，我约了他明天晚上一起吃饭。”

言妈妈关切地问：“你们现在相处得怎么样？”

“挺好的。”很简单的回答，嘴角却有隐不住的幸福。

言妈妈有点担忧：“那男孩子看着是不错，高高大大，成绩也好，只是他闷闷的，又不爱说话，这种男孩子会把所有的心事都憋在心里，很不好沟通。”

说到这一点，枳花心里扬起一股自豪：“我想这大概就叫缘分吧，他虽然不爱讲话，但一个眼神、一个动作，我就能明白他要说什么、做什么！”

言妈妈的心里一直希望枳花能嫁给自家的儿子，辛辛苦苦养出的“小棉袄”，她可不想被别人拐走了，于是试探着问：“你觉得俊生最近怎么样？”

枳花以为言妈妈在打听他最近有没有闯祸，赶紧为他正名：“他最近老实了好多，开始用心学店里的事，有时候连我都诧异，他真的是言俊生吗？”

言妈妈往锅里瞟了两眼，爱怜地摸了摸她的发顶，说：“只有你对他才有这种耐心，前天做酸梅汤，今天又做藕粉。”

从楼上下来，言妈妈若有所思，为了儿子的终身幸福，她觉得自己有必要加一把火。

下午，言妈妈出了门，开车去了枳花就读的庆市中医大。

要找简皓很容易，枳花的手机从来不会上锁，她在枳花的手机里拿到了简皓的电话号码，发短信过去，约对方见个面。

对方是长辈，简皓提前半小时就到了，他不停练习着深呼吸，想着对方坐下的时候，能多聊些话，表示尊敬。

言妈妈一坐下，便笑着说：“我知道你内向不爱说话，不必太拘束，这会儿约你，是有些话觉得很有必要说。如果一些话会伤害到你，还请见谅，因为我也是出自一片父母之爱。”

她这么一提醒，简皓的危机感就更强了。

言妈妈要了一杯柠檬汁，喝了一小口，不紧不慢地说：“你应该很清楚，虽然枳花是我的养女，但这些年，我和她爸亲手培养着她，视如己出，比亲生儿子还重视，所以她的未来，我更加思虑周全。”

简皓点点头，天下父母心，无论子女长多大，在他们眼里都是孩子，会竭尽全力呵护左右。

言妈妈继续说：“最近枳花跟俊生相处得非常好，我希望这种融洽不被其他的人和事干扰，说得明白一点，她能成为言家的儿媳妇，是我和她爸一直以来最大的期望。”

他安安静静地坐着，内心却是澎湃难安。

锦歌说过，枳花跟言俊生是青梅竹马一起长大的，枳花从小就喜欢言俊生，只是被言俊生无情地拒绝之后，才移情别恋。现在言俊生回头了，应该很容易就得到她的芳心吧，否则也不会这么快就和他用起同款的手机。

而且枳花亲口告诉过他，她未来是要继承“言正堂”的，将言家的保赤丸和延寿丹发扬光大，是不是代表在她的骨子里，已经将言家视为她的一切？

看到他微微皱起眉头，言妈妈知道自己的一番话让对方有所触动，于是又说：“简皓，你是个优秀的好孩子，将来你还会遇到更优秀的伴侣，所以，别再牵绊枳花了。她是个善良又心软的人，我不希望她在这段三角感情中艰难彷徨。还有就是俊生前两天跟你发生了一些不愉快，那小子性格略微有些冲动，他自己也有责任，我会让他去教务处，表示和解。”

他根本不在乎这个，心里只有失落，如果他不肯放手，枳花真的会左右为难吗？

许多事情需要他自己去消化，言妈妈付了账，向他微微点头示礼后，离开了。

Chapter 11 你就是我寻找的那一剂佐药

吃着细滑的藕粉，言俊生乐得屁颠屁颠的，枳花问：“高兴吧？”

“高兴，高兴！”

“说过的话还算数不？”

“算数，说吧，要什么？”

“去教务处跟简皓和解。”

言俊生脸上的笑容马上就没了，咧着嘴：“我还以为你是真对我好，原来是为了那小子，不行。”

她立即把他手上的碗抢过来：“你也别吃了！”

“你也太不人道了吧，我正吃得舒服呢。”

“是你先说话不算数的，还君子呢！”她气呼呼地把整锅藕粉都抱走了。

在回学校的路上，她把从孔一夫那里拷贝来的视频看了一遍。突然，旁边一辆黑色的小车引起了她的注意，车子正对着言俊生和简皓冲突时的侧面，而且现在的车子大多装有行车记录仪，以便随时知道周围的动向。

有了这个突破口，她立即打电话给孔一夫，让他帮忙找找这车子的主人是谁。

等她在学校门口下车的时候，孔一夫已经找到了车子的主人，正在跟对方沟通，希望提供一下事发时的视频录像，让她到校后，直接去学生会办公室等他。

枳花到了学生会办公室，刚坐下没多久，孔一夫就来了，兴高采烈地说："车主跟我一个同学关系不错，很痛快就给了。"

把U盘插进笔记本电脑，点开播放器，简皓跟言俊生发生冲突的画面清晰起来，言俊生先动手揪住简皓的衣服，他个子太高，脚步也稳，言俊生的力气根本撼动不了他。紧接着，言俊生挥起拳头向着简皓的脸打去，只是简皓很敏捷就避开了，然后抬起头推了一下言俊生，言俊生后退了两步，倒在了地上。

枳花摇摇头："不对。"

孔一夫问："哪里不对？"

她指着显示屏上简皓的手臂："从手肘的弯度来看，他的力道并不大，只是单纯地想和对方保持距离。"

听她这么一说，孔一夫也注意到了，于是说："我去找一个力学方面的专家出个证明，就能成为证据让简皓不受处罚。"

枳花心里却盘算着另外一件事，没想到言俊生死性不改，一定要好好地教训他一下，这两天自己又是煮汤又是熬羹，"伺候"着他，结果他的伤是自找的。

孔一夫急着第一时间把这好消息告诉简皓，从学生会办公室出来后，他就直奔简皓的公寓。从昨天下午开始，简皓就一直待在公寓里，想必是前两天把自己封闭在实验室里，闷坏了。

输入开门密码就进去了，简皓正在做标本册，里面很多草本植物还是上次跟枳花一起去山里采的，回来后经过特殊处理，抽干水分，保存起来。

孔一夫也不打招呼，直接坐到他的旁边，一脸兴奋地说："枳花真是好样的，她已经找到证据证明那天你根本就没有用力推言俊生，只是正当防卫。我也去找了一个力学专家咨询了一下，你那一推，根本构不成伤害，你的学业生涯将是一片完美。"

孔一夫滔滔不绝地说着，简皓却很平静，心思似乎根本不在这件事上。

简皓看了一眼孔一夫，孔一夫立即明白他要问什么，赶紧说："枳花去劝学社了，那边有日常事务需要她处理，怎么，才一天没见，就感觉心里猫抓似的难受？"

简皓不喜欢跟他开玩笑，目光又回到标本册上，把孔一夫的热情浇熄了一半，他支着头："想逗你开心还真不容易，万事不挂，不知道枳花是怎么忍受过来的。"

简皓心里有点痛，跟他相处会非常无趣吗？

简皓的眉头微微一动，孔一夫知道自己的话对方是听进去了的，决定继续逗他，又说："要是有天枳花离开你，一点也不奇怪，谁会忍心一个活泼开朗的妹子，被你这样一个人憋坏了。"

简皓的心突然黑白分明起来，谁都看得通透，只有他自私地认为，枳花的开朗明媚，正好和自己的沉默寡言相配。

他突然问：“怎么做，才能让一个人正确地选择爱情和想要的生活？”

孔一夫皱眉：“问这个做什么？”顿了一下又说，“时间，有多爱一个人，时间能够证明。如果不是真的爱，是没办法走过生活的点点滴滴的。”

“哦。”

简皓淡淡地应了一声。

孔一夫不明白简皓为什么要这么问，管他呢，反正他平日的言行就不是一个正常人，思维也一样。

白薇薇打电话给孔一夫，叫他赶紧去陪她买东西，上次说欠她人情，还以为她会给自己一个要命的难题，没想到只是要求陪她逛街。不过想想，逛街也够要命的，他买东西比较直接，要什么，直接去店里买，付了钱就拿走。

无可奈何，孔一夫只能唉声叹气地说：“好，马上来。”

孔一夫赶紧和闷葫芦告别：“我先遁走一步，如果你觉得闷，就打电话给枳花，或者你自己过去陪她。”

孔一夫刚走到门口，就听到简皓说了一声“谢谢”。这句谢谢语气微重，似乎带着复杂的情绪，他赶着去见白薇薇，也没细想什么，挥了挥手，就走了。

孔一夫把找来的证据送去了教务处，教务处核实了情况，言俊生态度缓和，也承认是自己冲动先动手，愿意和简皓和解。

见到简皓的时候，枳花高兴地说："我们要去庆祝一下。"

他问："你想吃什么？"

"你做给我吃吧，上次在山里，你做的凉拌马齿苋、清炒板蓝根都挺不错的。"

他点点头，对着她神秘地笑："好，我们去弄菜。"

简皓把弄菜的地方锁定在刘一明教授的药材种植园里，在里面摘了两大把板蓝根，马齿苋超市有卖的，顺便去添一些肉食和佐料。

简皓系着围裙在厨房里做菜，枳花被他做的标本册吸引了，坐下来翻看。她认出新加上去的几株标本，是上次跟植物专家团出行时采的，她用手轻轻抚摸那株石蝴蝶，发现石蝴蝶的下面，用红色的笔画着一个小小的桃心，一定是标记着这株石蝴蝶给两人留下的美好回忆。

他偶尔的小情趣显得非常可爱。

枳花不喜欢吃素，却觉得简皓做的素食特别可口，她不禁想着，如果将来跟他结婚生活在一起，肯定不会长胖。

她喜欢清炒的鱼腥草，有股酸酸的味道，很是开胃。

吃着饭，简皓突然说："陈教授要带团去滨州三七基地做课题，我的申请通过了。"

"要去多久？"

“少则三个月，长一点半年左右。”

一想到要跟他分开三个月，刚刚被美食激起的笑容马上就不见了，她嘟着嘴：“不高兴。”

“为什么不高兴？”

他是猪吗？恋人间长时间不见面当然会不高兴。

她瘪了瘪嘴：“没什么。”

简皓犹犹豫豫，好半天才说：“如果我们分开了，你还会像现在这样喜欢我吗？”

虽然他平时的一些问题也很奇怪，但今天的语气让她觉得不对劲，哪里不对劲，又说不上来。

不过她心里还是有点生气，分开这么久，也算是大事了，都不提前跟她商量一下，只是申请批下来，要走了，才跟自己通报一声。

他到底把自己摆在什么位置？还是自己在他心里太苛刻，担心自己会反对，才不提前报备？抑或是他压根儿就没想过要跟自己商量？

她没好气地说：“不知道，说不定看不到，就不想了。”

简皓却有点高兴，她生气了？

她的气一晃而过，就跟风似的，一吹就散，她问：“你什么时候走？”

“下周三。”

“哦。”

她不再说话，气氛变得沉默起来。

想到自己还没有送过简皓什么礼物，枳花考虑了一夜，从“言正堂”里拿来新鲜的桂皮，准备做一个香囊给简皓。滨州四季如春，蚊虫也比较多，做一个驱蚊的香囊，味道清新，又实用。

枳花的针线功夫并不好，在网上买了 DIY 的材料，她第一次见到简皓的时候，他穿的是一件浅蓝色的衫衣，她选了浅蓝色的蜀绣缎子，按照说明书一针一针地缝合。

言俊生敲了敲门，蹿进来：“给我做的？”

“闪开。”

言俊生有点不高兴：“前两天还软言细语的，这两天就变成仇人了，都说女人善变，还真是一点没错！”

“你少胡搅蛮缠，简皓的事我已经看过监控了，明明就是你先动手，而且人家根本就没有用力推你，你还要死要活的。”她故意用鄙夷的目光看他，“亏我还对你那么好！”

言俊生脸红起来：“过去的事能不能不提了，教务处打电话给我的时候，我已经同意和解，说是闹着玩的，不追究他的责任。”

她眼睛一瞪：“你还好意思追究别人的责任！”

为了能赶在简皓走之前做好，枳花熬夜把香囊绣好，熬出两个黑眼圈。临走的前一夜，她带着香囊去了简皓的公寓，他正在收拾行李。

她主动把香囊塞进他的行李箱里，说用来熏衣服最好，别老用杜仲，偶尔换换味道也不错。

那天言妈妈的话言犹在耳，他不想让枳花为难，留一段时间让她冷静地思考，选择自己想过的生活，想爱的人。

天元村规范化种植金银花正在做推广工作，急缺采样的义工，枳花从一个学长那里知道这个消息，主动去程教授那里报名实习。上次因为弄错了考试时间，与机会失之交臂，这次，她一定要好好把握。

程教授对她印象深刻，不仅仅是因为她是简皓的女朋友，开放日看过她的“金丸包衣”表演，那股巧劲，就特别看好她。

锦歌也被叫来了，上次的义工服务中，她的成绩最好，程教授也把锦歌列为了重点培养对象之一。

枳花打趣着锦歌：“上次还说再也不来了，说什么义工那点钱还不够你买美白面膜，怎么，是不是挣到买面膜的钱了，打算来晒黑一点。”

锦歌笑着说：“这叫有难同当，谁让我们是铁闺蜜呢！”

金银花的花期只有十五天，程教授规定他们采集标本的时间只有七天，分别对海拔不同、日照不同、土质不同的几个区域分别进行采集。两人一组，采集到的标本要在规定的时间送去烤种，再送往研究所进行有效成分分析。

锦歌主动要跟枳花一组，两人是老搭档，求之不得。

有了前车之鉴，锦歌买了全套的防晒装备，防晒衣、防晒裤、防晒帽子，还买了个面罩，把脸捂了个严严实实，只露两只眼睛。

枳花笑道：“你这个样子去银行，肯定要被保安抓起来的。”

两个小时后，枳花就笑不出来了，金银花田里蚊虫特别多，尽管她特地穿了长袖，手臂上依旧被咬出一个一个的红疙瘩，痒得难受，她说：“明天我也要弄一套一样的装备来。”

组长打来电话，让她俩去胜利组取 GAP 样品。胜利组的实验田有五公里路，而且是那种偏僻难行的小路，走路去需要很长时间，取回来样品不一定能用。村子里常用的交通工具是摩托车，于是锦歌提议找辆摩托车送她俩过去，再接回来，大不了就是多花点钱，人少受些罪。

锦歌很快就从村子里找来一辆摩托车，她给司机两百块，接送她们一个来回。司机很爽快就答应了，只是看看天说：“过会儿可能要下雨，你们要快一点。”

山路上坐摩托车，惊险程度不亚于坐过山车，起起伏伏，左右两边多有山坡田坎，担心一打滑，连人带车都掉进沟里。

人都快颠散架了，下车的时候，枳花也顾不得恶心干呕，想着快点把样本带回去。

锦歌热得难受，穿得多，汗水把防晒衣里面的 T 恤浸湿了个透心凉，她抱怨着：“我不行了，我到旁边去歇会儿。”

枳花也热，但手上的工作不能停，耽误了时间，样本取回去不能用，明天还得重新来。而且金银花的采收已经进入尾声，一旦错过花期，一些工作就得等到下一季进行。

天空响起了两声惊雷，她仰起头，果然天空中乌云密布，快要下雨了。她想提醒锦歌该回去了，叫了两声名字，却没有任何回应。

她猛地站起身，环顾四周，金银花的花海里似乎只有她一个人。

她诧异，人呢？

她往来时停车的地方走，空旷的泥地上只有几道车轮印，摩托车、司机和锦歌都不见了踪影。

她担心漂亮的锦歌会有意外，赶紧拿出手机打过去，信号是通的，就是没人接听，连着打了三次，都没有接听。她越想越害怕，赶紧给组长打电话，说了自己的位置，让他们赶紧派人过来看看。

五分钟之后，暴雨倾盆而下，实验田的附近没有任何遮挡，她只能静静地站在田里，任由雨水浇头淋下来。

淋着雨，让她忍不住想起了简皓，想起在灵峰山有雨的下午，他牵着她的手，在雨中奔跑，在小木屋里躲雨，不知道是不是雨水掉进了眼睛里，让她有想哭的冲动。

大雨很快就把她淋透了，雨水从头发上滑下来，穿过背脊往下掉，她忍不住打了个寒噤，瑟瑟发抖，心想着，回去肯定要感冒。

二十分钟后，组长骑着摩托车来了，尽管雨水让泥道更加的湿滑，但想到她的安全，他还是冒着危险赶过来，把一件雨衣罩在她身上，说：“等雨小点再走。”

她心里一直担忧着锦歌，再次拨打电话，竟然通了。电话那头，锦歌哭着说：“枳花，真对不起，刚才我出来休息的时候，发现那人把摩托车开走了，担心我俩回不去，我就顺着路往回走，看有没有过路的村民能载我们一段路，不料下起雨来了，我只能找了户农家躲雨。”

听到锦歌的声音，她才放下心来：“没事，你安全就好。”

半个小时后，雨终于小了，组长载枳花回去，没想到来时的路太泥泞，连车带人滑到山坡下面去了。好在组长反应快，用手把枳花护住，两人都只擦破点皮，而摩托车报废了。

回到营地后，枳花如预感的一样感冒了，病来如山倒，组长让她暂停手上的工作，把病养好再说。

锦歌回到营地后，对着枳花又是后悔，又是道歉：“早知道我就叫你一起了，真不该把你一个人留在那里。”

枳花心里还真有点抱怨：“你走了好歹给我打个电话，我还以为你被司机给绑走了，我还想着回到村里招集全村缉凶。”

第二天，程教授来了，他进屋的时候，枳花正披着衣服坐在床上写采集样本的报告书。程教授关切地说：“这里灯光这么暗，当心弄坏了眼睛。”

她抬起头答：“很快就写好了。”

程教授问了一下她的病情，她已经吃过药，头重脚轻的症状也减轻了。

程教授问：“最近简皓怎么样了？”

她没好气地说：“他跟着李教授出去做课题了，我们有三个月没见面了。”

程教授听出她嘴里的埋怨，笑着说：“那小子跟他爸一样，干起工作来就是一根筋到底。”

他又说：“枳花同学，你性格温和，就多包容他一点，自从他爸去世后，他就像变了个人似的，老让人放不下心。”

“他变了？”简皓称程教授为伯伯，是与他亲近的人，正好打听一下他的过去，于是枳花问，“是伤心难过吗？”

程教授摇摇头：“小时候的皓儿是个很活泼的孩子，嘴又甜，大家都很喜欢他，你应该知道，他父亲是怎么过世的。”

枳花点点头，自从和简皓交往之后，她就很想了解他的过去，问过几个知情人，也了解到一些过往，简爸爸误诊导致病人死亡，被病人家属起诉后，心情郁闷，出去喝酒，在回家的路上遇车祸身亡。

“这件事其实有点内情。”程教授语重心长地说，“那位病人突发脑溢血，当时情况非常危急，他父亲当机立断，采用百会放血，想让病人恢复意识。谁知道效果并不好，病人送到医院的时候，就已经死亡了。亲人死亡，对于每一个家属都是难以承受的伤痛，他父亲出于保护意识，没有将自己的急救措施说出来，结果他急救的过程正好被皓儿看到，皓儿无意中透露出来，让死者的家属认为是他错误的急救方式导致了病人的死亡，到公安局报了警，希望仔细地调查。”

程教授顿了一下，继续说：“正在调查的过程中，他父亲车祸过世了，皓儿把父亲的死都归结在自己身上，认为是自己说错了话，才让父亲含恨而终。从此以后，他变得封闭寡言，遇到任何事都闷在心里，担心说出来会引发不好的后果。”

枳花恍然大悟，难怪他性格火热，表现出来的却是相反的淡漠，是自己误会他了，还以为他心理有毛病。

程教授拍了拍她的肩头：“我很看好你，加油！”

送走程教授，枳花拿出手机打给简皓，可惜那头依旧是关机，她只好编写短信发过去：“对不起，我爱你。”

锦歌煮了姜汤给枳花喝，喝过之后，额头上全是细细密密的汗水。

锦歌说：“好好睡一觉，明天应该又能生龙活虎了。”

枳花睡得迷迷糊糊，很不舒服地半睁开眼睛，迷蒙之间，她好像看到了简皓的脸，哼了一句：“你来了，真好。”

以为是梦，想着在梦里抱抱他也好，于是张开双臂往他脖子上一圈，温暖的体温，真实的触感，她瞪大了眼睛：“真的是你吗？”

他捏了捏她的脸：“真的是我。”

脸颊有微痛的感觉传来，她赶紧坐起身，对着他的脸又捏又掐，他皱起眉头："会痛的。"

终于确定是他，枳花笑得合不拢嘴："你怎么来了，你飞过来的吗？"

"我收到你发的短信，我刚好在村子里，就过来了。"

"你不是跟着李教授去滨州做课题了吗？"

他伸手将她圈进怀里："还记得我们第一次到天元村遇到的那个太阳需求症患者吗？我说过，会定期过来，直到他康复为止。"

枳花主动送上吻，在他的嘴唇上轻轻一啄，说："我要跟你道歉，以前是我不好，我一直以为你是人格分裂，喜欢搞恶作剧，所以我要郑重地向你表示歉意。"

他有点不高兴："什么？"

她把当初接近他的初衷说了一遍，露出讨饶的表情："你就大人不计小人过吧。"

他苦笑着："我都习惯被别人误解为有病了。"

她捧起他的脸："我希望你我之间要坦诚，不要有秘密，而且我向你保证，无论你说什么，我都会选择相信你。"

他的眼睛弯成很好看的月牙形，里面闪着晶莹的光："谢谢你，枳花！"

他向她解释着："你看到我在图书馆里删别人的论文，那是因为我发现他偷了别人的论文成果。他以为先交到老师那里，就可以占取先机，我干脆给他删了，不是自己的东西，肯定重新弄不出来。

还有就是第一次来天元村时，你的药材是被锦歌扔掉的，我刚好找回来的时候，就被你看到了。”

她有些不敢相信：“锦歌？”

他确认：“就是她，而且我怀疑程教授招考义工那次，也是她涂改了你的考号单上面的信息。考号单的确是我帮你拿的，我交给她的那张，和她拿给你的那张，上面的内容完全不一样。”

“可锦歌为什么要这么做？”自入学以来分到同一间宿舍，她和锦歌相处融洽，没有发生过任何矛盾。

简皓总结：“人心难测。”

她问：“你什么时候走？”

“我向李教授请了四天假，明天晚上我就要下山，否则赶不上飞机。”

她恋恋不舍地搂着他的腰，撒着娇：“那我们什么时候能再见？”

他爱怜地揉着她的发顶，说：“回学校就能见到。”

他犹豫了一下，问：“枳花，我们分开这么久，你对我的爱有改变吗？”

她仰起头：“为什么要改变？”

“我听别人说，只有时间沉淀下来的爱，才是真挚的。我离开的时候就在想，再见面时，如果你还爱着我，那我就永远都不离开你。”

她一头雾水：“我什么时候不爱你了？”

“言俊生，你爱他吗？”

“小时候爱过，现在我只把他当成亲哥哥。”

“可他很爱你，他亲口对我说的。”

她像一只小猴子突然蹿起来，紧紧地抱住他，就像抱着赖以栖息的大树。她送上的吻不再羞涩，也不再矜持，而是热烈激情，她就只喜欢他。

枳花正准备再大胆一点，像个色女一样摸摸他结实的胸肌，手刚抬起来，就听到门口的方向传来一个熟悉的声音在问：“你们俩什么时候凑到一起了？”

吓得他俩赶紧分开，侧头一看，原来是锦歌。

简皓有点害羞，小声说：“我找程教授有点事，先出去了。”

等简皓一走，枳花嘟起嘴对锦歌说：“你不作声多好，我就能感受一下他肌肉的弹性。”

锦歌笑她色，又说：“接吻不利于空气流通，你现在需要保持环境清新，空气通畅。”

锦歌往旁边的椅子上一坐，说：“快累死我了，庆幸还有一天，就能把样本全部采集完。”又问，“你记录做得怎么样了？”

枳花指指旁边的记录本说：“一切 OK。”

傍晚的时候，简皓在营地里陪程教授下象棋，枳花感觉他挺有老大爷的潜质，蹲在地上，将棋布铺开，就开始星罗棋布，高手对弈。

枳花在床上躺久了全身发软，于是出门，沿着村里的石板小道四处溜达。村子跟头一次来变化不大，但村外面的山坡上，却满植金银花，这是今年的最后一茬花期，之后就得赶紧修剪残花，保存养分到明年春天。

远远地，她看到一个大婶在屋门前的空地上晒东西，一小块一小块灰白色的东西摊开在地上。出于专业的敏感，她知道对方一定是在晒药材，于是快步走过去看看。

走近，她一眼就认出是自己的同胞——枳壳。

看她的穿着，就知道不是药研所的人，大婶对她格外客气。她看了看被切成两半的酸橙，看大小和色泽，知道是野生的，于是问：“你晒这么多，是要拿去卖吗？”

大婶笑着说：“我给老伴晒的，他呀长年下地干活，体力消耗大，容易疲劳，我就用这个给他泡水喝。”

她诧异，枳壳的作用是理气宽中，行滞消胀，跟解除疲劳不搭边吧。她有点好奇：“只喝这个，没有效果吧？”

大婶笑着说：“先喝枳壳水，将身体里的废气排空，再用黄芪、枸杞和肉苁蓉，还有其他几味草药加在一起煮水喝，第二天早上起来，精神抖擞。”

她惊讶，大婶是个挺懂生活的人，好多人对于中药的认知，都是生病之后才喝，很少人会把它当成保健品。

一个主意在脑海里一闪而过，她问："大婶，你家大爷喝枳壳水多久了？"

"从我们结婚后没多久我就煮给他喝，快三十年了。这方法还是小时候爷爷教给我的，我娘家的人，都这么喝。"

枳花暗忖，她终于为简皓的益气丸找到了一味靠谱的佐助药，回去试验药性就能找到答案。

她迫不及待地往回走，要告诉他这个消息。回到营地上，棋已经下完了，简皓找不见她人，正准备打电话，她把枳壳的事告诉了他。

她说："兜兜转转，原来我才是你要找的那味佐助药。"

送走简皓，枳花的心里一阵失落，可又有什么办法，谁让他是高才生呢，志在四方。李教授这次的课题完成后，新药方一定能在三七制剂领域里占有一席之地。

下午，临聘的义工都准备收拾东西回市，组长让大家把采集样品的记录本交上去，枳花打算去简皓义诊的那位老大爷家里看看，于是把记录本交给锦歌，麻烦她转交一下。锦歌接过去："举手之劳。"

老大爷住的地方在村子的最南边，走在蜿蜒狭长的小道上，让她想起漆黑的夜里，她和简皓摸摸索索地掉进旁边的山坡下面，靠着他的温暖，在山坡下坐了大半夜，回想起和他的一点一滴都是快乐。

来到老大爷家里，十一月的天气微凉，他只穿了一件长袖的薄毛衣，看来怕冷的症状已经好转，整个人清爽不少。

她上去打招呼，说明来意，老大爷马上就夸起简皓，说这么大老远，简皓说到做到，每个月都来给他针灸治疗，不是简皓的话，这条老命恐怕早没了。

她心里美滋滋的，觉得自己没看错人，只要是他认定的东西，就会执着到底，相信他对待感情，也是如此。

回到学校，锦歌一进门就去洗了一个舒服的热水澡，天元村的生活设施都比较简单，吃穿洗漱，比在学校差得远。

锦歌裹着睡衣，贴着面膜从浴室里出来，枳花将一个记录本扔在她的面前，质问着："为什么要调换我们两人的工作记录本？"

锦歌一愣，问："我不知道你要说什么。"

见她不肯承认，枳花说："临走前，我去找过组长，说自己记录的一项数据填错了，让他拿给我修改一下。我拿来一看，我本子上的内容和字都是你的，而我那本，应该已经改成你的名字了吧！"

锦歌见瞒不住了，说："是的，我没有认真记录，担心会给程教授留下不好的印象，所以就换了。反正你有简皓这张王牌，即使做错什么，程教授也不会跟你计较的。"

枳花摇头："不，你不是没有记录清楚，而是故意想让我出丑。"

枳花把她扔中药材，又改换考号单的事情都说了出来，然后说：

"锦歌，我一直把你当成最好的朋友，处处信任你，或许我有做错过，得罪你的地方，你可以说出来，我改正，而不是这么背地里伤害我！"

锦歌的眼睛再也明亮不起来了，半垂着，极不情愿地说："枳花，你知道吗？我一直很嫉妒你，你可爱又活泼，其实喜欢你的人，远远比喜欢我的人多，他们对你独有的青睐和赞赏，有时候会让我嫉妒得发狂。

"我一直觉得，像简皓那样优秀的人，只有我能配得上，可没想到他偏偏喜欢你。你外向开朗，我也一样，你成绩优秀，我也一样，我甚至比你更漂亮，可他为什么就是不愿意多看我一眼？"

命运会安排什么，给予你什么，我们都无从知晓，只是在它到来的时候，勇敢面对，坦然接受。

枳花摇摇头，没和锦歌解释任何东西，长得漂亮，已经是老天爷的眷顾了，但并不代表所有美好的东西都得围着你一个人转。

枳花想着搬到校外租房子住，因为她没办法再跟锦歌同住一间宿舍，两人相视，都会觉得尴尬。

这两天课少，她决定先回家去住。

言俊生经过认真的学习，已经能很准确地把每服药方里的药材按量按类配齐，只要他坚持下去，言爸爸就不太担忧后继无人了。

言俊生虽然对枳花还抱有那么点心思，但简皓不在的这段时间里，他费尽了心想讨她的欢心。在爱情上，她永远都是拒绝的态度，只是亲切地叫他哥哥。

言俊生这才明白，有时候错过一个人，就一辈子错过了，任何人，任何感情都不会停留在同一个地方。

他问枳花："今年元旦节市中心有跨年活动，要不要一起去？"

"不去，我已经有安排了。"

她眉飞色舞的样子，让他心里已经猜到几分。

枳花约了简皓一起跨年，约好时间，她精心地打扮了一番，穿了一件红色的大衣，去机场接他。

红色喜庆又鲜艳，让他能在人群中一眼就认出她来。

到了机场，广播里告知，他乘坐的航班晚点了，到达时，已经进入新的一年。

凌晨两点，坐在接机大厅，冻得她瑟瑟发抖，嘴里不停地哼着："鸡腿、蛋糕、红烧肉……"

当视线里出现那双修长的腿时，她都没多想，直接扑过去。

他笑她："你不怕扑错人？"

"这味道，我熟悉。"

他不再用杜仲的香水，衣服上是她做的桂皮香。

简皓高兴地对她说："我已经把新药方送去检测中心，今天下午拿到的报告，我找来找去，最后发现，你就是我缺失的那味佐助药！"

Extra episode

减肥记

枳花一直对简皓带着点“小企图”，她心里一直踮记着他在“优生讲”里提出的针灸减肥。

那天来了一个一百八十斤的胖学妹，说很想谈恋爱，各种声泪俱下，恳求简皓帮她针灸减肥。

简皓很爽快地就在小学妹的下丘脑穴上扎了几针，枳花踮起脚，想看看具体的位置，但他把她叫出去了，美其名曰，没有得到他的允许，她不能减肥。

胖学妹来了一个月，她能明显看出对方的变化，脸从一块“大饼”变成了“锅盔”。当胖学妹兴高采烈地说自己瘦了十斤时，她赶紧向简皓哀求：“亲爱的皓，也给我扎扎呗，等我瘦上个十斤，你牵着我出去的时候，别人肯定会说郎才女貌，你牵着个模特上街。”

简皓的回答简短直白：“不要，我不喜欢火柴棒。”

枳花悄悄把简皓关于耳穴减肥的论文拿出来研究，找准了几个穴位点，然后去拜托简皓的师兄帮忙，师兄摇头：“他已经跟我们打过招呼了，没有他的同意，谁都不能帮你减肥。”

师兄也不解：“你又不胖，只是一点小肉肉，这种叫婴儿肥，多可爱。”

她一直觉得“可爱”这种字眼，跟“你是一个好人”差不多，只是安慰失败者的话。

她没好气地说：“你们男生都是口是心非，选出来的校花，哪个不是瘦得跟棍似的。”

师兄说：“简皓也是校草，也没见他找个校花当女朋友！”

这一招对枳花还是挺受用的，对呀，帅得人神共愤的简皓，只喜欢她这个“小肉包”。

回去高兴了没两天，减肥的念头又迅速占胜了她的理性。

简皓见她闷闷不乐，只好妥协：“针灸是要配合饮食，才能减肥的，我担心你管不住嘴，会砸了我的招牌。”

“不会，不会，我看你的论文上说，穴位可以抑制食欲，什么都不想吃。”

“医学没有绝对的。”

如她所愿，简皓终于帮她减肥了。他下针之后，她心里一片澎湃，满脑子都是她瘦下去后的窈窕身材，细腰，大长腿，走起路来，身姿摇曳。

晚餐，正巧赶上课题组的同事组饭局，点名让简皓把枳花带上，面对着一桌丰盛的佳肴，她口水直流。

怎么没有效果，难道自己真的这么倒霉，属于那万分之一不起作用的？

然后，她看着桌上的泡椒双脆，心里暗忖，不能吃这个，菌片和黄喉都属于内脏，吃了血液黏稠度会增高。

又看着那盘红烧鳝鱼，安慰着自己，不吃那个，都说现在市场上的鳝鱼都是药物养的，吃多了不孕不育。

面前那盘小龙虾飘出蒜蓉酱的香味，胃里的馋虫已经压制不住，快要蹦出来了。她又想，不能吃小龙虾，小龙虾是臭水沟里养出来的，寄生虫特别多，千万不能吃。

大家举起杯，一口爽滑的啤酒下肚，就开始大快朵颐，有人问："枳花，干吗不动筷子，我们今天点的可都是你喜欢吃的菜，你现在是我们课题组的组宠，处处以你为中心。"

她终于给自己找到了动筷子的理由，大家的真心不能辜负，于是夹起一块菌片塞进嘴里，心里叫着，好吃好吃，多吃内脏补铁补锌补蛋白质。

她又夹起鳝段，不停地咽口水，这鳝鱼细滑，肉质很嫩，一看就是野生的，含有丰富的 DHA 和卵磷脂。

还有她最喜欢的小龙虾，这虾这么大个儿，里面膏黄肉白，一看就是清水养的，健康美味。

回去的路上，简皓问她："你不是说要减肥吗，刚才吃那么多。"

她低着头："谁让它们这么好吃，是它们诱惑我的。"

简皓扑哧一声笑了："是的，都是它们的错。"

胖学妹到简皓这里来针灸了三个月，瘦到了一百三十斤，还一点没有反弹，高兴得非要送锦旗过来。

枳花一脸不高兴："为什么我针灸了两个月，一斤都没有瘦下来？"

简皓说："那是你贪嘴！如果不是我的针灸，你估计已经长到一百五十斤了。"

从那之后，枳花再没提过减肥，后来跟简皓结了婚，简皓才向她坦白，其实他根本就没有针灸她的下丘脑穴，只是给她排了排毒素，他素来以健康为主。

枳花还是有点生气："怎么不早告诉我？"

"早告诉你，万一你被我气跑了呢。"